「晩飯は食べたか？」
茜を抱きしめる隆人は、囁きながら右手で乳房を揉んできた。
JN211299

Illustration©KIKKA OHASHI

Opal
オパール文庫

素直になりなよ。
けんかっぷるの新婚甘ラブバトル

槇原まき

プランタン出版

※本作品の内容はすべてフィクションです。

プロローグ

「や〜っぱり、結婚したわねぇ〜」

　隣に座る自分の母親が放った含みのある声に反応して、千葉茜《ちばあかね》はピクッと笑顔を引き攣《つ》らせた。輪島塗《わじまぬり》の落ち着いた座卓《ざたく》の向こう側にいるスーツ姿の男前は、新堂隆人《しんどうたかと》。彼の両サイドにもまた、彼の両親が座っている。

「アハハッ。だろうと思ったわよ。うちの隆人なんか、幼稚園の頃から茜ちゃんのこと好きだもん」

　軽快な笑い声で答えたのは、隆人の母親だ。「好き」の単語に反応して、茜は優越感まじりの視線を隆人に向けた。

『隆人ったら。そんな昔から私のこと好きなのぉ？　言ってくれたらいいのに〜？』

　するとすかさず、隆人が顎を突き出すようにして、強気の上から目線で眉をピクピクさせてくる。

『もしかしておまえ、親の冗談、真に受けてんの？　それ、願望のあらわれか？』

母親同士が中年女性特有のアグレッシブさを前面に押し出し、子供の思い出話に花を咲かせているその傍《かたわ》らで、茜と隆人は視線で会話を交《か》わしながら、お互いにお互いを笑顔で牽制《けんせい》する。父親らはというと、グラスにビールを代わる代わるに注いで、「今後ともよろしく」なんてのんびりとやっていた。

「茜ったら、学校行くだけなのにめかしこんじゃってねぇ～。隆人くんとクラスが違っても通学路一緒だし、学校でも会うんだからって。『隆人はこれ好きかな？』『隆人は可愛いって言ってくれるかな？』ってね。これ毎日よ？　笑っちゃうでしょ」

茜の母がそういった途端、今度は隆人の目がにやーっと細まった。『俺に会うためにめかしこんでたのか？　へぇ～？』なんて調子のいいことを考えているのがモロわかりだ。

そんな十年以上前のことを蒸し返されても、素直に頷けるわけがない。たとえそれが本当のことだとしても、だ。

茜はおもいっきり隆人を睨《にら》みつけた。『んなわけないでしょうが！』と。

だが、隆人は怯まない。『ホラホラ、素直になれよ～』と、ニヤニヤしているその顔が、無駄にイケメンなものだから余計に腹が立つ。

（なによ！　そっちは幼稚園から私のこと好きなんでしょ？　私は小学生の頃からだから、

私の勝ちよ。そっちが告白してきなさいよね！）

なにが〝勝ち〟なのかは、この際だから脇に置いておこう。

引き攣った笑顔の裏で歯噛みする茜を、謎の優越感を滲《にじ》ませた隆人が見下ろしてくる。

そんな隆人のどでかい態度も、彼の母親が口を開いた一秒後には、脆くも崩れた。

「アハハッ。うちの隆人も同じよぉ～。男のくせに朝ッぱらから鏡の前でずっと髪の毛いじってんの。『将来ハゲるわよ～』って何度言ったかわかんないわ。ハゲたらごめんねぇ？」

ジトーッとした目で茜が見上げると、隆人の視線がわざとらしく逸らされる。

「隆人くんはイケメンだからなにしたって絵になるわよ。中学の林間学校、覚えてる？茜ったら下着からなにから全部新調したのよ。上に着るのは体操着のジャージだってのに。必死すぎて見てるこっちが恥ずかしいくらいだったわよ」

（私は今恥ずかしいわよッ！　ホントやめてよね！）

成人式以来の振袖《ふりそで》を着せられた茜は、正座した膝の上に置く拳をぷるぷるさせつつ俯いた。駄目だ。もう顔をあげていられない。場所は高級料亭のお座敷なのに、まるでここだけ井戸端会議のような雰囲気だ。

結婚が決まっての両家顔合わせのこの席で、半ば忘れかけていた自分の黒歴史が、母親の口から次々に飛び出してくるなんてなんの罰ゲームだろう？　もう顔から火が出そうだ。穴があったら入りたい。いやその前に、母親の口を塞ぎたい……。これはたぶん、隆人も同じ気持ちだろう。

茜と隆人は家が近所の幼なじみだ。年も同じで、小・中・高・大学と全て同じ。ついでに職場も同じで、二十九年間ずっと一緒にいる。腐れ縁どころじゃない。性格も似たようなもので、お互い負けん気が強く、ことある毎に張り合ってきたのだが、じゃあ仲が悪いかというと、そういうわけでもない。

なにを隠そう、茜の初恋の相手は――

「な～んかふたりとも、ずいぶんと寄り道してたみたいだけど。まー、収まるところに収まったわね。やっと肩の荷がおりたわ」

「ほ～んとほんと。二十九よ、二十九！　好き合ってるんだから、とっととくっついてりゃいいものを、いつまでも青春しちゃって。どうなることかとヤキモキしてたんだから。急かさなかった私たち、ホント偉かったわぁ～」

ふたりの母親から、嫌味な視線がちくちくと浴びせられる。

「あは、ご心配おかけしまして……あはは……」

ぎこちない笑みを浮かべながら顔を上げれば、自分とまったく同じ表情をした隆人と目が合う。彼は首の後ろに手をやって、またじわーっと視線を逸らした。

嫌味なくらいに整ったその顔が、今はほんのりと赤い。母親らにからかわれたせいだとはわかっているが、そんな隆人の様子を見ていたら、なんだかむず痒くなって、茜の顔は

また熱くなった。

(けっ、結婚……隆人と……)

まだ現実味がない。なぜなら、茜と隆人は付き合っていたわけではないからだ。この結婚が決まったのだって、つい一週間前のこと。それも、茜が全力で乗っかった結果だ。

ゴクリ——思わず生唾を呑《の》んで、茜はその一週間前のことを思い出していた。

◆　◇　◆

「なぁ、最近気付いたことがあるんだけどさ。言ってもいいか?」

女装バー・リップスティックのカウンター席で話を切り出した隆人に、茜はゆっくりと視線を向けた。この唐突な話の振り方は、なんだかいやな予感がする。聞いてはいけないような気がしながらも、隆人の神妙な声につられて、「……なに?」と話を促してみた。

「事務所内で独身最年長は俺たちふたりだ」

「…………」

一瞬、真顔になる。

内容が理解できなかった茜は、乾いた唇をモヒートで潤した。ライムとミントの爽やかな味わいが、喉を通って鼻に抜ける。ちょっと頭がスッキリしたかもしれない。

なんだって？　今、独身最年長と言ったか？

「う、うっそだぁ～。やめてよ、そんな怖い話。冗談でしょ？」

あっけらかんとそう言って笑い飛ばしてみたのだが、隣に座って正面を向く隆人が、完全なる〝無〟の表情をしている。

茜と隆人が勤める税理士事務所は、四十半ばの所長を中心に、比較的年齢が若い。三十代、四十代の社員はもれなく全員既婚者で、二十代に独身がちらほらいる程度。

今まで深く考えないようにしていたことなのだが、そのちらほらいる独身女性最年長は、今年で二十九歳の茜だ。

気付きたくなかった。いや、本当はだいぶ前から気付いていたけれど、事実だと認めたくなかった。重量級のプロボクサーに、現実という名のアッパーを喰らわされた気分だ。年下の女性事務員は彼氏持ちが多く、いつ先を越されてもおかしくない状況である。

「……羽田《はねだ》さんも、結婚したしね……」

「授かり婚な」

羽田というのは、茜たちのひとつ年下の女性事務員だ。隆人が補足した通りの授かり婚。旦那と子供を華麗にゲットした彼女は、十月から産休に入ることになっている。

ゆらぁ～っと視線が泳いで、足元に置いていた引き出物の紙袋に吸い込まれていく。

それとまったく同じ物が、隆人の足元にもある。重さからして、たぶん皿だ。新郎新婦の顔写真入りなんかじゃないといいのだが……

茜は組み合わせた両手に、思わず額を押し当てた。

朝から抜けるような青空が広がり、ＰＭ２・５と大量の杉花粉に包まれた貴重な土曜日《やすみ》の今日。茜と隆人が勤める税理士事務所の男性社員が、繁忙期《はんぼうき》真っ只中に結婚式を挙《あ》げた。二十九歳。大学こそ違ったものの、同期だ。花嫁は初めて会った人だったが、披露宴《ひろうえん》で聞いた馴《な》れ初《そ》めを総括《そうかつ》するに、友人の紹介で知り合ったらしい。そして彼の結婚によって、事務所内での独身男性最年長の座に、隆人が就任することになったわけだ。

「……ちょっと冗談キツくない？」

「ああ。でも事実だ」

平成二十八年厚労省の『人口動態統計』によれば、初婚年齢平均は、男が三十歳過ぎで、女が三十歳手前だと言われているが、所詮は平均。平均が実態を表しているわけではないことくらい、誰もが知っている。加えて当然ながら、地域差も出る。

茜と隆人の周りに限って言えば、男も女もだいたい二十八、九で結婚しているのだ。

「……最近、親の無言の圧力がすごい」

「……俺もだ」

「はぁ……」

ふたり揃ってため息をつく。昼からはじまった結婚式と披露宴に出席して、夕方地元に戻ってきたふたりは、行きつけのこの店でひと息ついていたのだが、まるでお通夜だ。

お互い、実家を出てひとり暮らしをしているものの、たまには実家に帰るわけで。誰それが結婚しただの、子供が生まれただのとそういった話題が上がるたびに、なんとなく居心地が悪い。直接なにかを言われるわけではないのだが、それがまた圧力になる。なにせ、茜も隆人もひとりっ子なのだ。

茜だって結婚に興味がないわけではないのだが、どうにも相手がいない。過去、彼氏は何人もいたが、どの人とも半年ともたなかった。だいたい三ヶ月くらいで別れてしまう。その原因はもれなく茜にある。

誰も好きになれないのだ。

告白されて付き合って、好きになろうと努力して、でも無理で……

こんな不器用な恋愛を何度繰り返してきただろう？

あまりにすぐ別れるものだから、心配した隆人から、『茜は男が続かないからな。変な奴じゃないか俺が見極めてやるから紹介しろ』と言われたくらいなのだ。

再びモヒートに口をつけつつ、茜は隆人の横顔を盗み見た。神妙な顔付きでグラスを傾ける彼は、控えめに言ってもいい男だ。

一八〇を超える長身と、スーツの上からでもわかる筋肉質な身体。ややつり目だが、顔立ちは整っている。話しやすいし、人付き合いもうまい。ついでに話題も豊富。プライドは高いが、それは負けず嫌いなだけで、嫌味な性格というわけでもない。薄い唇が奏でる声は耳に優しくて、ちょうどいい。おまけに趣味も合うし、話もわかる。

まぁ、つまり、好きなのだ。隆人のことが。

だいたい、こんないい男が物心つく頃からすぐ隣にいたら、好きにならないわけがない。

学生時代から彼は頭がよかったが、税理士となった今もそれは変わらない。税理士の資格は実務経験が必須だから、当然働きながら取ることになる。十年かかるのもザラだと言われるこの資格を、彼は最短で取ってしまった。茜も茜で負けず嫌いなものだから、隆人と対等でありたい一心で勉強に打ち込み、合格。隆人がいなかったら、今の茜はいない。

こんな具合で一見すると非の打ちどころのないように見える彼だが、ひとつだけ致命的な欠点がある。女関係が長続きしないのだ。

昔からモテる男だったが、どんな美人と付き合っても、三ヶ月もった例しがない。最近はそんなこともないが、大学時代なんかは取っかえ引っかえで、ひどいものだった。それでも、自分から口説いた様子がないところが、隆人らしいといえばらしいのだが。

友達としてなら二十数年来の自分達も、男と女の関係になればどうなるかわからない。友達だから、こうやって対等に長く付き合えているのかもしれない。そう思うと、迂闊《うかつ》に告白もできないまま、こんな年になってしまった。

社会人になって、いろんな男の人と会ったし、口説かれもした。その中の何人かと付き合ってもみたが、心のど真ん中にはいつも隆人がいて、今も離れてくれない……

「はぁ……」

思わずこぼれた二回目のため息も、隆人と被る。すると、カウンターの向こうでコップを拭いていたママのマリコが、噴き出したように笑った。

「それじゃあ、たかちゃんと茜ちゃんのふたりが結婚すればいいんじゃない？」

そう言ったマリコの声はかなり野太い。

腰まである長い髪を軽く結い上げ、マーメードタイプのロングドレスを見事に着こなしたマリコは、紛《まぎ》れもなく男性だ。本名を津田万里男《つだまりお》といって、女装するのが好きな男性――いわゆる、女装男子である。

彼――いや、彼女――の美貌《びぼう》と色気を前にしたら、性別なんて些細《ささい》なことだと思えてくる。美しい人が、ただ美しい格好をしているだけなのだ。ちなみに彼女は年齢不詳である。

そんなマリコがママとして君臨《くんりん》するこの女装バー・リップスティックは、彼女を慕《した》う女装男子がスタッフとして働いていて、ノスタルジックな店内と合わさって、かなり独特な雰囲気がある。しかし茜も隆人も、枠に囚《とら》われないマリコの人柄が好きで、よく仕事帰りに訪れていた。

「……え？」

思わず反応が遅れたのは、茜だけではなかったらしい。隆人も同時に驚きの声を出す。

綺麗に磨いたグラス越しに蠱惑的《こわくてき》な視線を投げてきたマリコは、クスリと笑った。

「だって、あなた達ふたりがうちの店に初めて来たとき、普通に付き合ってるんだと思ってたわよ？　違うって聞いてびっくりしたんだから」

確かに。

茜と隆人はずっと一緒にいるせいか、空気感や雰囲気といったものがよく似ている。学生時代から恋人同士に間違えられたことも、一度や二度じゃない。

だからこのとき茜が口にしたひと言は、その場のノリでもあったのだ——

「そうねぇ。もうそれしかないかなぁ？　どう思う？　隆人。私たち、結婚しちゃおうか？」

隆人は頬杖を突いて自分のグラスに軽く口を付けると、茜のほうを向いてきた。

「……だな。こうでもしないと、俺らふたりとも結婚できない気がする」

（えっ!?）

隆人の予想外の返しに、茜の心臓はドキッと跳ねた。彼のことだから、「勘弁してくれよ～」とか、「おまえと結婚して、今更なにが変わるんだよ」なんて言ってくると思っていたのに。けれども、結婚を肯定するようなことを言われたものだから、内心戸惑って、アタフタしてしまう。

（ええ～っ!?　なに!?　どうしちゃったの隆人！　あ、わかった。私をからかってるのね。人が悪いんだから。んもう……。私以外の子だったら勘違いしちゃうよ？）

自分だってノリで言ったくせに、それは棚に上げておく。

茜は氷の入ったグラスを頬に軽く当てて、うっかり火照りそうになった顔の熱をクールダウンさせた。

頬を赤らめて照れたりすれば、多少の可愛げもあるかもしれないが、そんな反応を隆人には見せるわけにはいかないと思ってしまうあたり、自分でも謎のプライドが働いていると思う。でも、隆人には知られたくないのだ。

彼がたったひと言、自分との結婚に肯定的な返事をしただけで、恋に恋する十代の乙女のように、茜が胸をときめかせていることなんて。

隆人にとって自分は、気のおけない女友達なのだ。男と女の友情が成立すると思っているであろう彼に、今更女の一面なんて見せられない。

顔に上がる熱をなんとかやり過ごした茜は、色気たっぷりに脚を組んでみせた。

「あら？　隆人ったらついに落ち着く気になったの？」

「そうだな。周りもうるさいし。そろそろ真面目に先のことを考えないとな。茜と結婚するなら誰も文句言わないだろうし」

そう言ってグラスを傾けて、隆人が微笑む。その眼差しがいつもより甘く感じるのは気のせい？　年を重ねた大人の男の余裕と色気が、そこかしこからダダ漏れだ。過剰《かじょう》な香水並みにフェロモンをまき散らされたんじゃたまったもんじゃない。ドキドキして、冷静な判断なんかできなくなってしまう。

（え？　な、なに、この流れ？　もしかして、ここで私がうまく答えれば、隆人と結婚できちゃったり……？）

調子のいいことを考えているのかもしれない。しかし、長年隆人の側にいて彼を想ってきたが、こんな流れは初めてなのだ。いや、もう、流れなんてちゃっちいものじゃなく、波が来ていると言っても過言ではないのではないか？

隆人も事務所内での独身最年長というありがたくない立場と、親からのプレッシャー、そして真面目に将来を見据えた結果、茜との結婚がベストだと思い至ったとも考えられる。

（どどどど、どうしよう？　これは全力で乗っかるべき!?）

茜はモヒートで唇を軽く湿らせつつ、今にもなくなりそうな余裕を必死に掻き集めた。ここで、『ふーん？　隆人は私と結婚したいの？　あなたがどーしてもって言うなら、してあげてもいいわよ？』なんて上から目線の可愛くないことを言っては、いつもと同じだ。

だいたい茜と隆人は、「三十路《みそじ》になってもお互い独り身だったら結婚しよう」なんて、幼なじみのド定番ともいえる約束を交わしたわけでもない。そんな約束を交わす奴らは、お互いがお互いにほの字に決まってるのだ。自分達の間に、次、いつこんな話題が出るかもわからない。しかも相手は隆人だ。男盛りの彼がその気になったら、女なんてよりどりみどりの選びたい放題。その傍らで、同い年の茜の選択肢は狭まる一方……

そうだ、乗るしかない。このビッグウェーブに。

(か、可愛く言おう。可愛く……)

同僚の披露宴のために、普段よりドレスアップしているのを幸いに、ブラウスからチラリと覗く胸の谷間を強調するように頬杖を突いた。

「そうね。隆人は私以外の子だと長続きしないもんねぇ?」

(しまったー! そうじゃない、そうじゃないのに!!)

これじゃあ、いつもと同じだ。毎度毎度こんな可愛くない憎まれ口を叩くから、隆人に女として意識してもらえないんじゃないか。そんなことはわかっているのに、どうしてこう、ツンツンした言葉が出てしまうんだろう?

茜が自らの失態に内心げんなりしていると、隆人が軽く鼻で笑った。

「ふん。おまえだって長続きしないくせに」

(ごもっともです)

否定のしようもなく、かと言って素直に頷くこともできず。結果、ムスッと不貞腐れる羽目になる。

茜が無言になると、隆人は小さく息を吐いた。

「長続きしないのはお互い様だからいいとして——」

異性関係が長続きしないのは、なかなかの致命傷だと思うのだが、隆人はそれをアッサリと脇に置いた。

「なんだかんだで俺たちは二十年以上一緒にいるんだ。性格はわかってるわけよ。茜が素直じゃなくて、不器用で、意地っ張りで、負けず嫌いで、男は続かないわ、女友達のいない隠れぼっちなのは――」

「もしかして喧嘩売ってる？」

並べ立てられた己の欠点に、思わずカチンと来る。何気に女友達がいないことは気にしているのだ。なぜだかわからないが、茜は昔から同性に避けられる傾向がある。女友達なんてひとりもできた例しがない。

この女装バーを居心地よく感じるのも、そういったことが要因のひとつかもしれない。

「売られた喧嘩は買うわよ？」

眉を寄せてメンチ切ると、隆人は「そういう短気なところも知ってる」と付け足した。

「でも、茜はそれでいいと俺は思ってるわけよ。それが茜なんだしさ。茜も俺の欠点は知ってるだろ？　お互いわかり合ってるんだから、案外うまくいくんじゃないか？」

なんだかいい感じにまとめられてしまったが、茜は心中で毒づいた。

（私が誰と付き合ってもうまくいかないのは、あなたのせいでもあるんですからね？）

隆人がいる限り、自分はきっと他の男と恋なんかできない。

高二の頃、隆人に初めての彼女ができたときのショックは忘れられない。当時ちょうど告白してくれた男子と、悔し紛れに付き合ってみたけれど、駄目だった。好きになれなかった。

隆人が自分以外の女を好きになったと知って、言葉にならないほどの嫉妬に駆《か》られているくせに、不器用な茜はそれを隆人に伝えることもできず、ただ張り合うように、自分も彼氏を作るしかできなかったのだ。

隆人の前では自然体なのに、彼氏の前では途端にぎこちなくなるものだから、『千葉さんって、なんか思ってたのと違うね』と言われたのも一度や二度じゃない。

そして隆人が恋人と別れたら、茜もすぐ別れて、でもすぐに隆人には次の恋人ができて……茜も——それの繰り返しだ。

結局、茜は隆人の側でしか落ち着けない。

隆人は茜とわかり合っていると言ったが、それは彼が茜の想いに気付いていない証拠でもある。茜の思った恋心は、拗《こじ》れるを通り越して重症化しているというのに。

(なんてニブイ男……。女泣かせも大概にしなさいよ。はぁ……なんでこんな男、好きになっちゃったんだろ?)

「ええ……まぁ、そうね……。そうかもしれないわね」

茜が小さく頷くと、隆人が身体ごと向き直った。そして徐《おもむろ》に、茜の手を両手で包み込むように握ってくる。

「茜、結婚しよう」

そう言った隆人の眼差しがいつになく真摯《しんし》で、思わず見入ってしまった。

酒の席の、話の流れで出たプロポーズなのに。本気のプロポーズじゃないのに。そんなことはわかってるのに――

こんなに真剣に言われたら、ドキドキしてしまう。しかも、何年かぶりに触れた隆人の手が記憶にあった以上に熱くて、身体の中に彼の熱が染み込んでくるみたいだ。長年凝《こ》り固まっていた恋心が溶かされそうになる。

茜は思わず目を伏せた。

(隆人……本気なの？　それとも冗談なの？)

わからない。

でも、自分の手を握る隆人の手は熱くて力強い。この手が自分に向けられるのを、茜はずっと待っていたのだ。

今だけ素直になってもいいだろうか？　そうしたら、隆人の隣に他の女が並ぶところなんて、もう見ないで済む？　ずっと一緒にいられる……？

(ええい、女は度胸！　このチャンスに乗っからないでどうするの！)

それに冗談だとしても、隆人にこの気持ちが伝わるかもしれないから……

茜はゆっくりと顔を上げると、そのままツンと横を向いた。

「しょ、しょうがないわね。隆人がそこまで言うなら……その……ケッコン、して……あげてもいいわよ……？」

思ったよりも、声が出なかった。特に「結婚」のところなんか、ゴニョゴニョと早口になって、これじゃあ隆人に伝わらないかもしれない。

茜がもっとはっきりと言い直そうと口を開きかけたそのとき、隆人は一瞬だけ今まで以上に手を強く握って、放した。

「マリコさん、チェック」

「あら、もう？」

今までカウンターの向こう側でうまい具合に気配を消していたマリコが、隆人に呼ばれて出てくる。まだロングカクテルの一杯目。普段ならあと二、三杯は飲むからだろう、彼女は少し驚いた様子だ。でも、驚いているのは茜も同じだった。

（え？　結婚の話は？）

まさかあれで終わり？　やっぱり冗談だったのか？　冗談かもしれないと思いつつも乗っかった茜だが、本当に冗談だとすると、それはそれでショックなのだが……

「隆人？　帰るの？」

できるだけ責め口調にならないように茜が尋ねてみる。すると彼は、溌剌《はつらつ》とした顔でニカッと笑った。

「いや。茜の気が変わらないうちに婚姻届《こんいんとどけ》を取りに行こうと思ってな！」

「ええっ⁉　こ、婚姻届って——今から⁉」

思わず目を見開いて仰け反った。

それはつまり、あの結婚話は冗談でもなく本気ということに……

完全に放心している茜を他所《よそ》に、焚《た》き付けた張本人のマリコが、「あらまぁ」なんて口を押さえている。

「マリコさん、今から市役所行って婚姻届取ってくるから、証人の署名《しょめい》を頼んでもいい？」

「もちろんよぉ〜。あたしの印鑑《いんかん》ならお店にあるし。確か、証人ってふたりいるわよね？もうひとりはどうする？　誰かお店の子に書いてもらう？」

「そうしてもらえたら助かる。できれば今日中に出したいんだ」

「じゃあ、ワタシが書いてあげるわぁ〜」

奥からスタッフのトシコが出てきて、パッドのたくさん入った胸を寄せた。

「ワタシ、本名が田中《たなか》だから、百均《ひゃっきん》で印鑑売ってるもの」

「ありがとう、トシコさん！　じゃあ、印鑑も買ってくるよ。まだ店も開いてるし」

「たかちゃん、どうせ戻ってくるんでしょ？　なら、チェックはあとでいいわよ」

「そう？　じゃあ——」

マリコらと話を纏《まと》めた隆人は、カウンター椅子から下りてジャケットを羽織《はお》り直した。

「――茜。俺ちょっと市役所と百均に行ってくるから、おまえはここで待ってろよ」

「へっ？」

「逃げんなよ」

未だ放心している茜は、現状がうまく呑み込めずに目をぱちくりさせるしかない。そんな茜にニカッと笑いかけて、隆人は颯爽《さっそう》と店を出ていってしまった。

「ちょ、たか――」

呼び止める間もない。

（え？　し、市役所に行く？　今から？　本当に婚姻届を取りに行ったの？　え？）

確かに婚姻届は役所で三百六十五日二十四時間受け取れるし、提出もできる。まだ十九時なので、百円ショップも開いているだろう。加えてここは茜と隆人の地元でもある。本籍もあるから、戸籍謄本を取り寄せる必要もない。婚姻届を手に入れて、署名と捺印さえすれば、すぐにでも提出できるのだが――ちょっとフットワークが軽すぎないか？

「……やるわね、たかちゃん……」

マリコの感心しきったハスキーボイスが、やたらと茜の耳に残っていた。

◆　◇　◆

結局、三十分足らずでリップスティックに戻ってきた隆人の手には、百円ショップで購入した印鑑が三本と、婚姻届があった。しかも婚姻届は、書き損じ用に予備が十枚もあるという念の入れ用である。絶対に今日中に提出するという隆人の強い意志に気圧《けお》されつつも、茜は婚姻届に自分の名前を書いた。そして、その日のうちに提出。

これはビッグウェーブに全力で挑んだ結果、うまく乗っかれたということなんだろうか？

（それとも、全力で乗っかったつもりで流されたか、ね……）

茜はまったく箸の進んでいない料理を見つめて、小さく息を吐いた。

乗っかっただろうが、流されただろうが、長年想い続けていた隆人と結婚したことには変わりない。まだ実感はないものの、書類の上ではもう夫婦だ。そこに後悔はない。

事後報告ではあったものの、こうして双方の両親にも報告し、受け入れてもらえたのだから万事コトはうまく運んでいる。あとは新居を探して一緒に暮らすだけ……

「で？　あんた達、お式はいつにするの？」

子供の恥辱エピソードにはもう満足したのか、茜の母親がお茶を啜《すす》りながら聞いてくる。

隆人と目配せした茜は、彼と予《あらかじ》め決めていたことを話した。

「式も披露宴もナシでいいかなって思ってて――」

「はぁッ!?」

茜と隆人、双方の母親から素っ頓狂《すっとんきょう》な声が上がる。

物言いが付いたことを察知した茜が口を開くより先に、隆人の母親が息子の後頭部をスッパーンと平手打ちした。

「茜ちゃんにドレスの一枚も着せてやらないなんて、この馬鹿息子！　甲斐性《かいしょう》なし！」

「ええ!?　俺!?」

叱責《しっせき》された隆人が、「これはふたりで話し合ったことなんだけど」と弁解するが、母親には通じない。「情けない！」と嘆《なげ》くばかりだ。

「いや、でも、私ももうそんな年でもないですし……」

そう言って茜も隆人を擁護《ようご》したのだが、「茜ちゃんにこんなことを言わせて！」と、逆に火に油を注ぐ結果になってしまった。

「茜ちゃん、今が一番綺麗なときなのよ！　ドレスでも白無垢でも、なんでも着なさい。お金なら心配いらないわよ！　隆人が相当貯め込んでるんだから！」

「いや、まぁ、えっと……」

茜にだって貯金はあるし、お金を気にしてではなく、純粋にガラじゃないという思いからだったのだが……。その気持ちを言葉にする前に、今度は茜の母親が畳み掛けてきた。

「あんた達は幼なじみで、子供の頃から気心は知れてるんだろうけれどね。こういうことはきちんと形にして、けじめをつけるってのも大事なのよ。これから夫婦としてやっていくっていう意識ができるから」

「そうよ、そうよ。お披露目《ひろめ》なんて気恥ずかしいってのもあるのかもしれないけど、形に残しておくっていうのもいいものよ？　自分達の思い出にもなるし、これから生まれてくる子供にだって見せてやれる」

母親たちが言っていることももっともだし、理解できるのだが、それなら写真が一枚あれば事足りるわけで。式やら大袈裟《おおげさ》な披露宴はなくてもいいんじゃないか？

茜がそう言おうとしたとき、今まで空気だった茜の父親がどっとため息をついた。

「俺ァ、茜の花嫁姿を拝《おが》みたかったんだが……今は、そういう時代じゃなかったか……」

しょんぼりと肩を落とした哀愁《あいしゅう》漂いまくる姿でそんなことを言われたらたまらない。自分が親不孝《おやふこう》をしているようで、無性に胸が苦しくなってくる。

「お、お父さん……」

茜が慌てふためくと、ここぞとばかりに母親ズの勢いが増した。

「だいたいね、あんた達は勝手よ！　いつまでも結婚しないで親に散々心配掛けておきながら、いきなり『結婚しました』って事後報告で！」

「私たちのときにはそんなの考えられなかったわよ！　それを今度は結婚式はしないって。この親不孝者！」

「親には親の夢ってもんがあるんですからね。私のときにはなかったブリブリのドレスを茜に着せたかったのよ〜。そんでもって感謝の手紙で号泣とか。親の憧れよね」

「わかるわ〜。私もね、生い立ちビデオっていうのかしら？　あれずっとやりたかったの。今までせっせとアルバム作ってたのは結婚式のためと言ってもいいわ」

なんだかんだでさっきまでいいことを言っていたはずなのに、今度は本音がダダ漏れだ。あれもやりたい、これもやりたいと、まるで自分達の結婚式のように夢を語っていく。

「結婚式、するわよね？」

タッグを組んだ母親ズに睨まれて、顔を見合わせた茜と隆人は、自分らの完全敗北を悟った。

第一章　初夜バトル

——それから半年経った九月。

「ありがとうございました」

荷物を運んでもらった引っ越し業者を外まで見送った茜と隆人は、同時に頭を上げた。

ふたりは先週、結婚式を終えたばかりだ。

結局、式も披露宴も、会社の人間や友達は呼ばずに、身内だけで行った。母親らが「やりたい」と言ったことを全部取り入れたそれは、親孝行の一環だ。

準備も大変だし、初めは気乗りしなかった茜だが、自分のウエディングドレス姿を見てボロボロと泣く両親を見たら、「式を挙げてよかった」と思えた。そしてなにより、背の高い隆人のタキシード姿は、想像以上に様《さま》になっていて垂涎《すいぜん》ものだ。ご飯三杯は軽くいけそうなくらいだ。

新婚旅行は考えた末に、勤め先の繁忙期が明ける来年の七月にした。今月中に行けないこともなかったのだが、来月から産休に入る事務員がいることと、予定を詰め込みすぎるよりはいいだろうということになったのだ。行き先は夏の北海道である。

結婚を報告したとき、職場の面々は思った以上に祝福してくれた。所長には、「やっと結婚したか」と、安堵《あんど》されてしまったくらいだ。

茜は知らなかったのだが、隆人は以前からちょくちょく、「千葉さんと付き合っているの？」と聞かれていたらしい。隆人は、「付き合ってないですよ。ただの幼なじみですよ」と答えていたようなのだが、どうやらそれは照れ隠しだと解釈《かいしゃく》されていたみたいだ。

そんなふたりが新居に選んだのは、閑静《かんせい》な住宅街にあるファミリー向けの低層階マンションだ。３ＬＤＫで、最寄り駅まで徒歩五分。ふたりで暮らすには部屋数が多いが、なんと会社まで快速電車でたったの一駅だ。そして近くには、保育園や小・中学校、公園があり、かなり立地がいい。これからの生活に期待が高まる。なにせ、昨日までふたりは別々に暮らしていたのだ。

当初は、両家の顔合わせをしてから、新居を探して一緒に住もうと考えていたのだが、親の希望で急遽《きゅうきょ》結婚式を挙げることになったものだから、新居探しと同時に式場探しをする羽目になってしまった。式場はすぐに見つかったのだが、思いつきで結婚したツケというか、結婚指輪のオーダーやらもしなくてはならなかったし、結婚式の打ち合わせと同時進行で新居を探すというのは時間的にもなかなか厳しくて、とても一緒に暮らすどころじゃなかった。先月になってようやく見つかったのが、このマンション。

新しく買った家電や大型家具の搬入《はんにゅう》は一足早く終わっており、今日はそれぞれひとり暮らしをしていた部屋から、服やら細々とした荷物を運んできたのだった。

「さて、荷解《にほど》きだな」

半袖シャツを着て伸びをする隆人の横で、茜は「ダメダメ」と首を横に振った。

「その前に、ご近所に挨拶回りしなきゃ。引っ越し作業でお騒がせしちゃったし。晩ご飯の忙しい時間になる前に行ったほうがいいと思うの」

「それもそうだな。挨拶に行くなら、手土産がいるだろ？　今からなにか買いに行くか？」

そう言ってくる隆人を前にして、茜は内心、ニヤリとほくそ笑んだ。

（ふふふ……早速チャンスよ！）

隆人とは付き合いこそ長いものの、茜は一度たりとも彼に「好きだ」なんて言われたことがない。この結婚は完全に勢いで実現してしまったものだ。

隆人が急に結婚を言いだしたのだって、婚期《こんき》を逃すことへの焦りと、周りからのプレッシャーが主な動機なのはわかりきっている。「茜なら気心は知れてるし、大丈夫だろう」というノリが拭えないのだ。茜はずっと隆人のことが好きなのに、彼はそうじゃない。隆人と結婚できたことは嬉しいが、やはり彼に想われたい。「好きだ」と言わせたいのだ。

もう、ただの幼なじみじゃないのだから。

そのためにまずは、隆人に「茜と結婚してよかった！」と思わせることが第一歩だ。

(気が利くところをアピールして、隆人が今まで付き合ってきた彼女達とは違うところを見せ付けるのよ、私！)

茜はマンションのエントランスに入りながら、隆人を振り返った。

「大丈夫よ。もうギフト用のタオルセットを用意してるから。定番だけど、無難だしね」

「へぇ、用意がいいな。さすが茜」

持ち上げられていい気分になりながらも、「そう？」と、サラリと流す。ここで自分の行動を驕《おご》ったり、変な自慢なんかしないのがいい女なのだ。

一旦は部屋に戻り、茜が用意しておいたギフト用タオルセットを持って、同じ階や上下階に、ふたりで挨拶に向かった。

隣は気のいい老夫婦で「あら、新婚さん？」と聞かれた茜は、どこかむず痒いものを感じながらも、左手の薬指に着けた指輪を触りつつ、隆人と顔を見合わせて頷いたことは、当分忘れられそうにない。

「いい人そうなお隣さんでよかったね」

「そうだな」

隆人がリビングでテレビ周りのＡＶ機器の配線接続をしている横で、茜はダンボールの箱を開けた。隆人が家電製品の配線をする担当、茜が細々とした物を収納する担当と、自然と役割分担ができあがっている。

ひとり暮らしで使っていた物はほとんど処分したし、持ち込んだのは衣類が大半。あとは細々した物くらいだ。ふたり共スーツが一番多くて、ハンガーに掛けたまま運んでもらったから、クローゼットへ移動するのも楽だったし、キッチンも新しく買った調理器具や食器類を備え付けの棚にすっかり並べ終えた。

ふたりで手分けしてやれば作業もスムーズで、リビングのテレビ周りが荷解きの最後だ。

今開けたこのダンボールの中には、隆人が趣味で集めた映画のＤＶＤがズラリと入っている。ダンボールに入れるときでさえも、ジャンルごとやシリーズ順に並べる隆人はかなり几帳面《きちょうめん》な性格と言えるだろう。

「ＤＶＤはどこに置く？」

「そこのキャビネットに頼む」

「ＯＫ」

隆人がダンボールに入れていた順番そのままに、キャビネットの中にＤＶＤを並べていく。すると茜は、ＤＶＤの中に懐かしいタイトルを見つけた。何年か前にはやった青春ラブストーリーだ。

「わぁ〜。これ、ふたりで観に行ったやつじゃない？　ほら、何年か前に新しく映画館ができたからって。覚えてる？」

　思わず声を上げると、隆人は配線を繋いでいた手を止めて顔を上げた。

「覚えてるよ。いい映画だったからな。特典もあったし、ＤＶＤも買ったんだ」

「そうだったんだぁ〜。懐かしい。そう言えばこの映画、今度続編やるんだってね。ねぇ、はじまったら観に行かない？」

「いいね」

　隆人が賛成してくれたことに喜んで、茜はニヤニヤしながらまたＤＶＤを並べた。

（やっぱり私たちって、気が合ってるのよね）

　同じ場所で、同じように育ったからというのもあるだろうが、好きな物が似通っているという以前に、価値観が同じなのだ。仕事の合間を縫ったタイトなスケジュールで、結婚式の準備、結婚指輪をオーダーして、新居を探し、今度は家具を選んで――とやったのだから、喧嘩のひとつやふたつあってもよさそうなのに、ちっとも揉めなかった。

　引っ越し作業ひとつ取っても、隆人が一緒だと非常に楽だ。機械類が苦手な茜の代わりに、家電製品は全部隆人が選んで、こうして配線までしてくれる。茜は、電気・ガス・水道といったライフラインや、スマートフォンの契約なんかを請《う》け負う。

　なにをするにしても、役割分担をして、阿吽《あうん》の呼吸で進めることができるのだ。

　隆人の側は居心地がいい。だから他の男の側では落ち着かない。隆人から離れられない。

（隆人も、私と同じだといいのにな……）

茜がそんなことを考えていると、隆人がテレビの電源を入れた。

「よし、ついた。レコーダーも繋いだし、茜が見てるドラマの録画予約もしといてやるよ」

「あ、うん。ありがと。お願い」

気の利くところをアピールしたかったのに、結局、隆人を頼りきりにしている自分に気が付く。なんとなく負けた気持ちになりながらも、茜は悪くない気分だった。

◆　◇　◆

「ねぇ、大丈夫？　それ、ちゃんと入るの？　なんかおっきくない？」

茜が不安そうな顔でこっちを見上げている。彼女はもう少し小さい物を想像していたようだ。普段気の強い女の顔が不安そうに歪むのは、どうしてこうもそそるのだろう？　特に茜の二重がはっきりした大きな猫目が垂れると、まるで迷子の子猫のような感じがしてぐっとくる。でも、今更サイズなんて変えようがないのでしょうがない。

隆人は手に持った物の先端を、ゆっくりと溝に充《あ》てがった。

徐々に押し進めたのだが、すぐにギチギチとした引っ掛かりを感じる。強めに出し入れすると、茜の眉間に皺が寄った。

「そ、そんな強引な！　壊れちゃう」

「大丈夫だろ。俺に任せろ」

そう言うなり、隆人は手にぐっと体重を掛けた。すると、スッパーンと気持ちのいい音と共に、特注のネームプレートが、玄関脇の上部にあるスライド表札に綺麗に嵌《は》まる。

「ギリギリ入ったな」

「よかった〜。注文サイズ間違ったのかと思ったわ。あと一ミリ大きかったら入らなかったんじゃない？」

「かもな」

鏡面加工プリントがされたアクリル板に、明朝体で「新堂」とレーザー刻印されたネームプレートは、まずまずの出来栄えだ。ひとり暮らしの頃は作らなかったネームプレートだが、茜との新居にはなんとなくあったほうがいい気がして、こうして作ってみたのだ。

（茜も……『新堂』……に、なったんだな……新堂茜……ヤバイ……）

感慨深い。と言うか、嬉しすぎてニヤニヤしてしまう。結婚しても、職場で茜は旧姓の「千葉」を使っているから、イマイチ結婚の実感がなかった。しかし、子供の頃からずっと好きだった茜が、ついに自分の嫁になったのだ！

今日からやっと、茜と一緒に暮らせる。その喜びは大きい。この日をどれだけ首を長くして待っていたことか。

婚姻届は半年前に出したというのに、急遽結婚式を挙げることになったから、新居より先に式場を探すことになり、今日まで同居が先延ばしになっていたのだ。

隆人としては式なんかよりも、早く茜とふたりの生活をはじめたい気持ちでいっぱいだったのだが、茜のウエディングドレス姿を見たら、親の言う通りに結婚式を挙げてよかったなとも思った。我ながら現金なものである。

半年前、同僚の結婚式の帰りに立ち寄った行きつけの女装バーのママに焚き付けられた茜が放った『私たち、結婚しちゃおうか？』のひと言に、隆人は全力で乗っかった。

茜が本気ではなく、冗談で言ったことはわかっていたが、それでも全力で乗っかったのは、これがラストチャンスだと思ったからだ。

茜は、美人だ。ちょっと猫目だが、色白で、栗毛の髪がふわふわで、脚が長い。その顔立ちのせいでお高くとまっているように見えるが、そんなことはない。あれでいて鈍いし、結構残念な性格だ。彼女のひととなりなんて、話せば一発でわかるはずなのだが、話さなければわかりっこないだろう。

自分で言うのもなんだが、隆人は子供の頃からモテた。小学生の頃なんて、足が速いとか、顔がいいとか、その程度のことだったが、女子の間で人気だった隆人といつも一緒にいるというだけで、茜はクラスの女子一同から無視されていた。

「どうして私は女の子に避けられるんだろう？」と、落ち込む茜を慰めながら、彼女に自分以外の友達ができないことを、隆人は密かに喜んでいたのだ。

隆人《じぶん》が離れれば、茜にも女友達ができただろうに、意図的に離れなかった。茜には自分がいる。だから他は必要ないと、本気で思っていた。

茜の側に居続けるためには、彼女の隣に並んでも、見劣りしない男にならなければならない。成績で茜に負けることのないように勉強にも力を入れたし、同じ学校に通い続け、もちろん身嗜《みだしな》みにだって気を使った。茜の両親との仲だって良好だし、家族ぐるみの付き合いをしていたから、隆人と茜は校内でもご近所でも、公認の仲だったのだ。

中学まではそれでよかったのだが、高校生になって、出るべきところは出て、凹むべきところは凹んだ、スタイル抜群の絶世の美女に育った茜を、男共が放っておくはずがない。特に、他所の中学から来た奴らは、茜には隆人がいることを知らないものだから、「めちゃくちゃ美人がいる！」と、茜の存在はあっという間に噂になった。

茜に近付こうとする男らを、当時の隆人がどれだけ牽制したかわからない。

でも、高二の頃、茜に彼氏ができた。男の隆人から見ても顔立ちの整ったイケメンで、首席の上に生徒会長も務める評判の先輩だ。

正直、茜を恨んだ。憎かった。

なにもしなくても美しい茜の側にいても不自然でない男になるまでに、どれだけ努力したことか。でも茜が選んだのは隆人《じぶん》ではなかったのだ。

それからそう間を置かず、隆人は告白してきた女子と付き合った。茜に見せ付けるように、彼女を紹介したこともあった。でも茜は動じないどころか、ころころと男を変えた。変えた男の中に、隆人はもちろん入らない。

最初から茜の目に、自分は男として映っていなかったのだ——そのことに気が付いて、大学を卒業する頃くらいまで、荒れていたと思う。でも、心のど真ん中にはいつも茜がいて、どんな女と付き合っても長続きしない。

自分は面喰いなのかと、茜と同じくらい美人と付き合ったこともあったが、結局は同じこと。恋人と茜をいつも心の中で比べて、茜なら……今隣にいるのが茜なら……と思いながら付き合うなんて、相当に失礼で最低なことを繰り返していたと思う。

相手にもそれが伝わるのだろう、隆人はいつでも別れを切り出される側だった。

どんなに恨んでも、憎んでも、結局は茜が好きなのだ。本当に自分が茜しか愛せないのだと気付いてからは、恋人を作ることもやめた。そして決めたのだ。

茜が自分を男として見ないなら、一生茜の側にいて付き纏ってやろう、と。

茜がどんな男を愛そうと、どんな男のものになろうと、ずっとずっと友達として側にいる。離れない。それは隆人の男の意地だった。

自分を男として見ない茜に、「好き」だなんて絶対に言ってやらない。でも、茜が自分を求めてきたら全力で応える——

大学時代の茜に、相変わらず女友達はできなかったが、就職した頃から、周囲の女性らの彼女を見る目がだいぶ変わった。就職した税理士事務所で唯一の女性税理士となったせいかもしれないが、茜に憧れる子があらわれはじめたのだ。常にビジネススマイルで、トラブルが起こっても淡々と処理していく彼女は確かにかっこいい。

だが皆、憧れが過ぎて、「千葉先生に仕事以外のことで気軽に話しかけるなんて、畏《おそ》れ多くてとんでもない！」という、謎の風潮《ふうちょう》が事務所内にできあがっているので、茜は相変わらずぼっちだ。

社会人になった茜には、男が群がった。美人に近付く男は、自分に自信がある男だと相場は決まっている。加えて年齢的に結婚が視野に入る。だから隆人は、『茜は男が続かないからな。変な奴じゃないか俺が見極めてやるから紹介しろ』と心配するふりをして、茜に彼氏ができる度に、自分から進んで会った。そして相手を静かに牽制するのだ。

茜の子供の頃の様子を語ったり、茜の両親と自分が仲のいいことをアピールして、茜のことならなんでも知っているんだと意味深に匂わせる。

自分の彼女には幼なじみの男がいて、必要以上に仲がよく、職場も同じで、普段からよく夜に飲みにいっていて、しかもその幼なじみの男は、彼女の両親とも仲がいい——こんな女、普通の男ならまず引く。すると当然のことながら、茜の男関係は長続きしない。

当の茜は鈍いものだから、自分の歴代の彼氏たちが、隆人をいやがって別れを切り出していたとは夢にも思っていないだろう。

この手の中に茜が落ちてくるのを、友達面してただじっと待っていたときに、降って湧いた彼女との結婚話。乗っからない理由なんて、隆人にはなかったのだ——

(新堂茜……ヤバイな。いちいち感動してしまう。早く慣れないとな。茜は俺の嫁……)

口には出せないまでも、掲《かか》げたばかりの表札を見ながらニヤニヤがとまらない。

今までは、茜に引けを取らない男になろうと、そのために努力してきたが、これからは、茜にとって頼れる夫にならなくては。そのために努力する。

引っ越し初《しょ》っ端《ぱな》から、近隣への挨拶回りの手土産を予め用意しておくのを忘れていたが、それは茜がカバーしてくれた。なんて気配りのできる女なんだ。その彼女が自分の嫁だと思うと、なんだか誇らしい。その反面、少し焦るのだ。

(間抜けな男なんて茜の好みじゃないからな。荷解きでは挽回《ばんかい》できたと思うんだが……どうだろう？　茜は要領がいいからな……)

荷解きなんて、何日もかけて少しずつやっていく人も多いだろうに、茜はたったの一日で終えてしまった。茜は、どうかすると、なんでもひとりでできてしまう。でも、そんな彼女に頼られる夫になりたい。

(茜、俺が絶対に幸せにするからな！)

そう決意を新たにしていると、隆人のシャツの腰部分を茜がちょんちょんと引っ張ってきた。その仕草がなぜか子供の頃を彷彿《ほうふつ》とさせて、ちょっとイイ。

「ねぇ、そろそろお腹空かない？」

もうとっくに陽《ひ》は暮れていて、確かに夕飯時だ。共用廊下に出ていると、ご近所の夕飯の匂いがしてきて、一層腹が減る。

「そうだな。腹減った」

「どうする？　ご飯、私が作ろうか？」

小首を傾げて聞いてくる茜は可愛いのだが、隆人は内心絶叫していた。

（作るって……おまえが作っちゃったらヤバイでしょーが!?）

荷解きは全部終わったが、さすがに食材は買ってない。いや、あえて買わなかった。なぜなら、茜の作る飯は不味《まず》いのだ。

小・中・高と、調理実習の際に茜が作った料理を食べてきた隆人だが、味もさることながら、見た目も臭《にお》いもとにかく規格外。「おまえは本当にレシピ通りに作っているのか!?」と問い詰めたくなるレベルだった。茜の料理を食べた翌日は、胃薬が手放せなかった記憶しかない。

いくら料理が下手だと言っても、ひとり暮らしをするようになってしばらく経つのだから、さすがに少しはマシになっているだろうと思う方《かた》もいらっしゃるだろうが、隆人は知っている。茜はひとり暮らしでも、まともに料理なんかしていない。朝は買ってきたパン、昼は外食、夜は隆人と飲みのループだ。休日だって、レトルト三昧なのは目に見えているから、料理スキルが上がる要素なんて微塵もないのだ。

　平日の食生活は隆人も似たようなものだが、料理スキルだけは隆人のほうがまだマシだ。

（今まで通り、昼は外食、夜は仕事帰りに飲みに行けばいいわけだし。朝飯は、茜が無理に作る必要なんかないいんだから）

　調理器具だって、隆人が休日に自分で料理をするつもりで買い揃えたにすぎない。

　軽く動揺している胸の内を隠して、隆人は茜を労《ねぎら》うように言った。

「茜も疲れただろう？　どこか食べに行こうか」

「なら、マリコさんの店に行きましょうよ。引っ越し終わりましたって報告も兼ねて」

「そうだな。そうしよう」

　こうして、夕食を食べに外に出た隆人と茜が、女装バー・リップスティックに着いたのは十九時。マリコの蠱惑的な微笑みで迎えられて、いつものカウンター席に並んで座る。

　この店で出てくる軽食は、すべてマリコの手作りだ。居酒屋のように、日替わりで健康的な「お袋の味」を食べさせてくれるので、茜と隆人はほぼ毎日、ここで仕事帰りに夕食を食べていた。もちろん、バーだからドリンクの種類も豊富だし、料金は良心的なので、軽食を食べずに飲むだけの客も多い。

　今日のメニューは生姜《しょうが》焼き。小鉢のおからもいい味だ。

箸を進めながら、茜はマリコに「今日、引っ越ししたの」と話を振った。

「お疲れ様。じゃあ、これから荷解き？」

「ううん。荷解きはもう終わって」

「ね？」と茜がこちらを見るから、わかめの味噌汁を飲みながら、隆人は相槌を打った。

「早かったわね～。じゃあ、今日から一緒に住むんだ？　今夜が初夜ね！　頑張って！」

「ブホッ!!」

握った両手を口元に当てて、ハートを飛ばしながらウィンクなんて、ぶりっ子も真っ青な仕草でマリコがのたまう。いきなり「新婚初夜」なんて核弾頭並みのパワーワードをぶち込まれて、隆人は思わず味噌汁を噴き出した。

（ちょ！　おま！　なに言っちゃってるンだよ！　このオッサン！）

ゴホゴホと盛大に咽《む》せながら、胸中で毒づく。

新婚初夜に頑張っちゃうコトといったらひとつしかないじゃないか。法律上の同性としても、ママとしても話しやすいマリコだが、これはセクハラ待ったなしである。

そもそも「頑張って！」なんて、茜に向けられたと言うよりは、隆人に向けられた言葉ではないだろうか？

案の定、マリコがニヤニヤと笑いながらこっちを見ている。しかも、握り拳を作った右手の人差し指と中指の間から、挟み込んだ親指がニュッと出ているのだ。女握《めにぎ》りなんて、ひと世代もふた世代も前の卑猥《ひわい》ジェスチャーに、こっちが赤面したくなる。

(身体は男でも心は乙女じゃないのか!? オッサン丸出しはマジでやめろ! 茜はそーゆーのわかってないから!)

ここまでやられたら夜を意識しないわけにはいかないじゃないか。せっかく今まであえて考えないようにしていたのに!

(こ、今夜——茜と………)

長年、無駄に抑え込んでいた青い春が、色鮮やかな妄想《もうそう》を繰り広げ、見たこともない茜の裸体を隆人に想像させる。思わずゴクリと喉が鳴った。

隆人と茜は長いこと一緒にいるが、それは幼なじみとしてであって、男女の仲になったことは一度もない。

お互いに他に恋人がいた時期もあったから、ひとり暮らしの部屋に行き来することもなかった。だから、ひとつ屋根の下でお泊まりの経験なんて、学生時代の修学旅行くらいなのだ。当然、キスすらしたことがない。健全すぎる。

自分達の結婚が、愛し愛されの恋愛関係から発展したわけではないだけに、マリコの発言に対しての茜の反応がなんとなく怖い。

なにせ隆人は、茜から今まで一度も「好き」だなんて言われたことがないのだ。

でも、今日から一緒に住む。夫婦として……

夫婦として——男と女として——肌を合わせることを茜が受け入れてくれるのか、正直わからない。隆人にとって茜は、愛するひとりの女性であり、性の対象でもあるわけだが、茜にとって隆人は？

婚姻届に判は押してくれた彼女だが、それは結婚がしたかっただけで、セックスは別物という可能性も……

味噌汁を噴いた口元をペーパーナプキンで拭きながら、なんでもない顔をしつつ茜の様子を盗み見る。

すると茜は、マリコのセクハラ発言に、はにかんだような、困ったような……そんな表情を浮かべているではないか。返答を考えあぐねているであろう茜の顔を見たら、庇《かば》わねばという意識が働いて、隆人は咄嗟《とっさ》に口を挟んでいた。

「入籍して半年経つけど、夫婦としては今日からはじまるって感じかな。な、茜」

「え、ええ、そうね」

茜はぎこちなく頷いて、どことなく視線を泳がせる。そのときの彼女の頬がうっすらと赤く染まっているのが目に入った。それは今まで見たことのない茜の表情《かお》で——

（あ、やべぇ……）

猛烈に下半身に熱が集まる。茜も今夜を意識してくれているのだろうか？　こんな表情《かお》されたら、男として頑張っちゃうしかないじゃないか。

昂りはじめた男の性《さが》をひた隠しにして、隆人はその場をやり過ごした。

◆　◇　◆

「…………」

リップスティックから帰宅した茜と隆人は、お互い無言のままで玄関の鍵を開けた。

マリコが一石どころか核弾頭を投じてくれたお陰で、茜はバーにいるときから、挙動不審気味だ。マリコが「新婚初夜」だなんて言うからうまい返しが思いつかずに口数が減ってしまい、バーではほとんど隆人とマリコが話していたくらいなのだ。

（私がマリコさんのところに行こうって言ったのに、悪いことしちゃったかも……）

手を洗って、うがいをして、お風呂の湯張りボタンを押す。それから茜は、リビングのソファに座った。

昼間、張り切って荷解きをしたせいで、風呂が沸くまで特にすることがない。無理やり探してなにかをすればいいのかもしれないが、もう二十一時を過ぎている。ガサガサと物音を立てる時間ではないだろう。苦情が来てしまう。

なんとなくテレビをつけてリモコンのチャンネルボタンを順番に押していると、隣に隆人が座ってくる。その瞬間、茜は心の中で悲鳴を上げた。

（か、肩がっ！　肩が、当たって！）

触れ合った肩から隆人の体温と肌の感触が伝わってきて、心臓がバクンバクンする。嫌悪感はないのだが、落ち着かないったらない。心なしか、チャンネルボタンを押すスピードが上がる。そんなに広くないリビングだからと、ソファもこぢんまりとしたふたり掛け用を買ったのが仇《あだ》になった形だ。

隆人は問答無用で大柄だが、茜も女性にしては背が高いほうで一六〇半ば。

一八〇の男と一六〇半ばの女が並んで座るには、このソファは小さすぎたようだ。こんなことならもっと大きなソファを買うんだった！

（も、もうちょっと、は、離れよう……かな……）

そーっと肘置きのほうに上体を傾けると、触れ合った肩が離れる。そのことにホッと胸を撫で下ろしたそのとき――

「なあ――」

「ひゃぁ！」

いきなり話しかけられて、ビクッと飛び上がる。もう、口から心臓が飛び出るかと思った。隆人も驚いたようだったが、思わず出た自分の声に、茜もひどく驚いていた。

（だっ、だって息がっ！　息がっ！　耳にっ！）

普段聞き慣れた隆人の声だが、こんなに至近距離で話しかけられると、なんだかいつもと違って聞こえて心臓に悪い。腰の辺りがゾクゾクする。

「悪い。なんか驚かせたか？」

隆人自身は、ただ普通に話しかけただけなのだろう。茜のほうが変に意識しているから、大袈裟な反応をしてしまうのだ。それがわかっているからこそ、地味に恥ずかしい。

「な、なに？」

なんとか平静を装って隆人に向き直ると、彼はなんでもないように言った。

「いや。テレビ、なに見るのかなって」

茜がさっきから、ガチャガチャとテレビのリモコンを押しまくっているものだから、気になって聞いてきただけらしい。

落ち着かない自分の胸の内を指摘されたようで、思わず視線が泳いだ。

「——関東甲信地方は、内陸部ほど日差しがたっぷりでしょう。沿岸部は晴れ間が見えますが、雲の広がる時間も……」

テレビの天気予報の他に聞こえるのは、隆人の息遣いと自分の心音だけで——

（ふ、ふたりっきりなのよね？　わ、私たち……）

結婚しての新居だ。ふたりっきりに決まっているのに、無性に意識してしまう。

隆人と一緒に行動することは多いが、密室でふたりっきりというのは実はない。

お互いの家に行き来していたのは小・中学生の頃まで。その頃はお互いの母親が専業主婦ということもあり、そもそもふたりっきりになるなんて不可能だった。高校生や大学生になると、今度はどちらかに常に恋人がいる状態。社会人になってひとり暮らしするようになれば、恋人を連れ込んだことがあるであろう隆人の部屋になんて行きたくもなく、仕事帰りに一緒に飲みに行くだけ……

職場では同僚が、店では店員が、外では他人が、常に誰かがいる状態だったのだ。

(ふたりっきり……た、隆人と、ふたりっきり……ふたりっきり……)

緊張の限界に達した茜は、ガバッと立ち上がった。

「テレビ、別に見たいのなかったわ。もう、お風呂沸いたと思うし。私、先に入るわね」

極度の緊張で居た堪れなくなっているくせに、ツンとした姿勢は崩さない。

「ふたりっきりなんて、なんか照れるね」くらい言えば、可愛げもあるのかもしれないが、謎のプライドが発動して、そんなしおらしいことなんか言えないのだ。そもそも、隆人相手に緊張しているだなんて思われたくない。

緊張している＝意識している、ということに他ならないのだから。

「そうか。じゃあ、一緒に入るか？」

「はぁっ!?」

当たり前に放たれた隆人のひと言に、素っ頓狂な声が上がる。

(一緒に入るですって？　なに言っちゃってるのこの人!?)

隆人と一緒にお風呂なんて、幼稚園で卒業したというのに！

スッと目を細めて睨むと、隆人が一瞬、怯むのがわかった。

「ンな怒んなくったっていいだろ……。風呂くらい普通じゃないか。新婚なんだし……」

（そ、そうなの？　隆人はその……私と一緒にお風呂に入りたいの？　し、新婚だから？）

隆人と一緒にお風呂だなんて、想像しただけでもドキドキしてしまう。

高校時代の水泳の授業で見た、隆人の水着姿が脳裏に蘇った。

うっすらと割れた腹筋に、逆三角形な体軀《たいく》。ぴちっとした水着に包まれたぷりっとしたお尻に、目が釘付けだったっけ。あの頃の隆人も充分凛々《りり》しかったが、今の彼はもっと肩幅が広くなっているし、いろいろ逞《たくま》しく——

（やだ、私ったら！）

破廉恥《はれんち》な妄想をしている自分に気が付いて、思わずそっぽを向いてしまう。

新婚夫婦が、一緒にお風呂に入るのが一般的なのかどうかはわからないが、少なくとも今、茜が隆人と一緒にお風呂に入れるかというとそれは違う。

「……わ、私にも、心の準備ってものが……」

隆人には聞こえないくらいの小声で、ゴニョゴニョと言葉を濁しながらチラチラと彼の様子を窺う。すると隆人は、首の裏を掻いて目を逸らした。

「まぁ、なんだ。ゆっくり入ってこいよ」

「う、うん……」

なんとなくぎこちないやり取りを交わして、茜はバスルームに逃げ込んだ。

新居のバスルームはリフォームされたばかりで、かなり綺麗でお洒落だ。壁鏡の横に、アクセントとしてジオメトリブラック柄のパネルがはめ込まれている。

髪と身体を洗って、湯船に浸かった茜は、思わず両手で自分の膝を抱きかかえた。

湯船は広々と——それこそ隆人とふたり一緒に入っても大丈夫なくらいゆったりと——しているのに、引っ越したばかりでまだ自分の家という感覚がないせいか、湯船の端でちまっと体操座りをしている。

(ど、どどどどうしよう⁉　やっぱり、今日ってその……す、するのよね？)

バーでマリコにも言われたが、入籍して半年経っているとはいえ、実質的に今夜が初夜で間違いない。

初夜と言ったら、初夜だ。結婚したからには、夫婦の夜の営みももちろんあるわけで。

むしろ、なかったらそれはそれで困る。新婚からレスだなんて！

子供だって欲しいし、なにより隆人に抱かれたい。

(けど、どうしよう……私、処女なんだけど……)

高校生の頃から、いろんな男の人と付き合ってきた茜だが、実はキス以上をしたことがない。心のど真ん中にはいつも隆人がいたから、どうしても一線を越えることができなかったのだ。歴代の彼氏達と毎度のように長続きしなかったのも、茜が心も身体も許さないからというのは想像に易い。

だが、それも今日までの話。今夜、自分を抱くのは他の誰でもない隆人。

じわーっと顔が熱くなっていく。まだ湯船に浸かってそれほど時間が経っているわけでもないのに、顔が火照ってしかたがない。

でも風呂から上がって次に待っているのは、夫婦の営みなわけで。

（も、もう一回身体洗おう。そうしよう）

茜は湯船から上がると、またスポンジにボディソープを泡立てて、身体を洗いはじめた。

今夜、この身体に隆人が触れる——そう思うと、心なしか洗い方がいつもより丁寧というか、念入りになってしまう。肌を見せて、幻滅なんかされたくないのだ。むしろ、夢中にさせてやる！　くらいの気概である。

（だ、大丈夫……プロポーションは悪くない、ハズ、だから……）

外食が多い生活なので、体型が崩れないように日々ヨガでトレーニングしている。そのお陰で、くびれにはちょっと自信があるのだ。胸だってDカップはある。

茜は洗い上げた自分の身体を鏡に映して、自慢のくびれを指先でなぞった。くいっくいっと腰を捻《ひね》って、自分が一番魅力的に映る角度を探す。リンパマッサージをして、脚の浮腫《むくみ》を取ってスッキリと見せるのも大切だ。ムダ毛なんて地球上に存在すら許されない。

そうして茜は、スキンケアにたっぷり二時間かけたのだった。

◆　◇　◆

（……長い……）

リビングにひとり取り残された隆人は、無表情でテレビ画面を見ていた。見たくもなかったテレビ放送の二時間映画が、そろそろ終わりそうだ。

確かにゆっくり入ってこいとは言ったが、ちょっとゆっくりしすぎじゃなかろうか。

これはもう、立派な放置プレイだ。

（茜の奴め……焦らしやがって。覚悟しろよ？）

二十九年も待ったのだ。今更、二時間ごときの放置プレイでガタガタ言ってたまるか。

むしろ、自分に抱かれるために茜が念入りに身体を洗っているんだと思うと、それはそれで滾《たぎ》る。彼女の入浴時間が長ければ長いほど、抱かれる気満々だとも取れるではないか。

初夜に期待しない男なんていない。

そもそも、ここでがっついたりして、『あら～そんなに私が欲しいの？　私の足にキスしたら抱かせてあげるわよ？』なんて茜が言い出したら？　いや、茜がそこまで高慢《こうまん》ちきな女ではないのはわかっているのだが、ベッドの上での彼女の様子なんて、隆人は知らないのだから想像しかできない。茜が隆人を焦らして、わざと長湯をしている可能性だってあるのだ。

なにより恐ろしいのは、足にキスすれば茜を抱けると思ったら、本当にそれをやってしまうかもしれないくらいに、心底茜に惚れ切っている自分がいることだ。そんなことをすれば、それはもう「好きだ」と言っているに等しいではないか。

ベッドでのパワーバランスは重要だ。初めにリードを取ったほうが勝ちなのだ。間違っても、茜の魅力に屈してはならない。むしろ、男の隆人のほうが彼女を骨抜きにしてやらねば。長いこと封印していたゴッドハンドが目覚めるときだ。

茜の気が強いことは確かだし、どちらかというとドS寄りの女なことは想像に易い。一本鞭を持ってピンヒールで男の尻を踏みつける姿なんか、相当似合いそうだ。

（つーか、ドMな茜とか、俺には想像できんのだよなぁ……）

隆人が知っている茜はいつも颯爽としていて、男と別れても未練のひと欠片もなく淡々としている女なのだ。

そんな茜が、過去の男の前で、自分の知らないドMな女の一面を見せていた――なんて思いたくない。隆人の中で茜という存在は、なんでも知っている幼なじみであるのと同時に、未知の女なのだ。いつも側にいるのに誰よりも手が届かなかった女。

知っているようで、本当はなにも知らない。だから知らないことなんかなにひとつないように、早く茜を抱きたい。もう茜を誰にも盗られたくない。自分だけの女《もの》にしたい――

今夜、茜の全てを知ることができる。あーんな姿や、こーんな姿も見られる。

素知らぬ顔でドエロいことを考えていると、やっと茜が戻ってきた。

「お先に……」

そう言ってリビングを覗いてきたのは、すっぴんの茜だ。茜のすっぴんなんて見たのは、十年ぶりだろうか？　いつもはキリッとしたメイクなのに、今は目元があどけない。

半袖ショートパンツのシルクのパジャマは、茜の長い脚をますます綺麗に見せる。今すぐ彼女を抱きしめて、あの美脚にキスしたい衝動に駆られる。今、それをやったら、絶対零度《れいど》の瞳で『キモいんだけど』と罵られそうだからやらないが。

「さてと。俺も入ってくるかな」

「う、うん」

隆人が立ち上がると、茜が一歩下がった。チラチラと寝室のドアを見ているようだが、彼女は自分で開けようとはしない。もしかして緊張しているのだろうか？

（普段ツンツンしてるけど、何気に可愛いところもあるんだよなぁ）

二十九年来の男友達と恋人時代もないまま結婚したんだ。さすがの茜だって、結婚して初めて一緒に過ごす夜に、なにもないとは思っていないだろう。

もちろん隆人も、おもいっきりやらせてもらうつもりだ。

「寝室で待ってろよ。俺はすぐ上がるから」

「……ん」

少し視線を下げた茜の赤い頬にキスしてやりたい衝動に駆られながら、隆人は彼女の横を通り過ぎて、バスルームに入った。

◆　◇　◆

(待ってろって言われちゃったわ……。つまりそれって、今からするってことなのよね?)

ドキドキが収まらない。ついに今夜、隆人に抱かれてしまうのか。

寝室に入った茜は、ベッドのサイドテーブルに置いたボールランプの灯りをつけた。ぽわっとした暖色系の優しい灯りがついて、寝室を満たす。光量は充分だ。天井の電気はつけなくてもいいだろう。

問題は、どうやって待っていればいいか、だ。

ベッドに座って待つのは、なんだか居た堪れない気がするし、寝室で待ってろと言われたのにリビングに居たら、それはそれで感じが悪い。悩んだ末に茜は、ベッドに横になって待つことにした。

買ったばかりのベッドは、クイーンサイズ。ヘッドボードにはタブレットやスマホが立てかけられるストッパーが付いていて、ベッド下も収納スペースがある。ベッドを選ぶときに、シングルを二台買うなんて選択肢が出てこなかったくらいには、隆人と一緒に寝ることを期待していたとも言えるだろう。

ベッドに横になり、ケットを被ってふと思う。

（ちょっと待って？　もしかして、これじゃあ、私がヤル気満々に見えるんじゃ⁉）

ヤル気満々なことには違いないのだが。それを前面に押し出すのはなにかが違う気がする。それに、自分が初めてだということをどのタイミングで言えばいいのだろうか？

（こういうのって、最初は話から入るものなんじゃない？　『引っ越し作業お疲れ様』とか、『これからよろしく』みたいな……。いや、したことないからわからないんだけど）

寝室にアルコールでも持ってきたほうが、緊張がほぐれていいのではなかろうか？　今日はバーで少し飲んではいるが、あれは夕食だ。もういい加減、お酒なんか抜けている。ちょうど結婚祝いにもらったワインがあることだし、それを飲みながら軽く話をするのはどうだろう。

（そのときに『私、処女なんだけど……』って、打ち明けてみる？）

隆人は笑うだろうか？　昔から男をコロコロと替えていた癖に実は処女だなんて。あなたが好きだから、今まで他の人を誰も好きになれなかったのだと話せばいいのだろうか？

（ああでも、二十九歳の高齢処女なんて、笑うよりドン引きされそう……。やっぱり言わ

ないほうがいいんじゃ……でも言わないと痛いわよねぇ？　ああ、でも言っても痛いのか）

迷いながら茜がキッチンに向かおうと、ベッドの上で身体を起こしたそのとき、ちょうど隆人が寝室に入ってきた。

「ふう、サッパリした」

タオルを肩に掛け、湯上がりの湿った髪を掻き上げる隆人は上半身裸だ。下はスウェットパンツを穿いているが、上半身裸というだけで大人の男の色気がダダ漏れだ。高校時代よりも確実に育っていることは間違いない。

太い腕と広い胸板、そして見事に割れた腹筋が、女性誌に出てくる男性アイドルのグラビア並みに、性的なものを醸し出している。

（かっこいい……って、ハッ⁉　な、なんで脱いでるの⁉　誘惑⁇　私を誘惑してるの⁉）

女を誘惑するなんて、なんて破廉恥な男なんだろう。このままでは鼻血が出てしまう。

茜はアタフタしている胸の内をひた隠しにしてケットを捲《めく》ると、ベッドの縁に座って長い脚を床に下ろした。

「ちょうど今、ワインを取りに行こうと思ってたところなのよ」

「ん～？　また飲む気か？　茜はほんとに酒豪《しゅごう》だなぁ」

「隆人もじゃない」

「まぁな」

すぐ左隣に座った隆人が、タオルで髪を拭きながら目を細めて笑う。自然体で、やましさのない笑顔だ。これから初夜を期待しているのは、ふしだらな茜《じぶん》だけなんじゃないかと思ってしまう。

(ほ、本当に……するんだよね?)

茜がほんの少し不安になったとき、前髪の間から見つめる目と視線が絡んだ。

「…………」

隆人の顔から笑みが消えて、茜もなにも言えなくなる。

彼は髪を拭く手をとめると、ゆっくりと、そして無造作に唇を重ねてきた。

(っ!?)

ちろりと舌先で唇の合わせをなぞられて、思わず目を見開く。ボールランプに照らされた隆人の瞳は、茜の知っているものとはどこか違う。

彼は茜から視線を逸らさず、目を見つめながら唇をゆったりと食んできた。

くちゅっと粘着質な音がして、角度を変えてまた唇が重なる。強くもないが弱くもない。しっとりと隙間なく吸い付く感覚——誤魔化しようがない。今、隆人にキスされている。

隆人との初めてのキスに、どんな顔をすればいいのかわからない。緊張が高まって動けないのだ。夢にまで見た隆人とのキスは、茜が経験したキスの中でも、一番突然で、一番いやらしい。

キスなんて普通、目を閉じるものなんじゃないだろうか？　でも隆人は目を閉じない。茜の目をじっと見つめてくる。まるで、茜の反応のひとつひとつを見逃さないように。

こんなに至近距離で見つめられたら動けないじゃないか。向けられた視線だけで、身体が痺《しび》れていく。

茜が固まっていると、唇をうすく離した隆人が囁いてきた。

「ワインもいいけどさ、今は茜に触りたい――」

唇を軽く触れ合わせたまま紡《つむ》がれる低音に、ゾクゾクする。言葉を切った隆人は、もう一度軽く唇を押し付けて囁いた。

「――な、いいだろ？」

こんなのズルい。好きな男にこんなふうにお色気たっぷりに迫られたら、茜でなくても陥落《かんらく》してしまうだろう。

茜は視線を軽く伏せると、戸惑いながらも頷いた。

「ん……」

「茜」

隆人の逞しい腕が茜の腰を抱き寄せてくる。隆人は上半身裸なものだから、距離が狭《せば》まるだけでも心臓に悪い。唇を触れ合わせたまま、彼の左手が茜の頬を触ってくる。

湯上がりの匂いが自分と同じで、余計にドキドキした。

顎をクイッと持ち上げられたら、キスの角度が変わる。それと同時に、口の中に熱い肉厚な舌がぬるりと入ってきて、茜の舌に絡む。

いやじゃなかった。今までこんなキスをされたら、自分の中に汚いものを入れられたみたいで嫌悪感が先に立ち、相手を突き飛ばしたこともある茜だが、全然いやじゃなかった。舌を擂《す》り合わせ、唾液をまぜるように絡んでくる深いキス……

まろやかで心地よく、初めてなのにしっくりくる。

自分はずっと、このキスを待っていたんだろう。

(ああ……、好き……ずっとキスしてたい……)

自然に瞼が下りてくる。

茜が完全に目を閉じると、隆人の手が背中に回ってきてぎゅっと抱きしめてくれる。それと同じように、茜も隆人の肩に両手を回した。

呼吸の度に、ますますキスが深くなっていく。絡んだ舌が離れない。

「は……ぁっ……っ！」

茜の唇から、甘味を帯びた吐息が漏れる。これはなんたる不覚！

『キスだけで感じたのか？　エロいな。俺にキスされて嬉しいんだ？』

小馬鹿にした隆人の声が聞こえた気がして、茜は咄嗟に唇を噛みしめた。

隆人とのキスで感じていたなんて、知られたくない！　なんだか負けた気がする！　それ以前に恥ずかしい。

仕切り直そうと唇を離し、ゆっくりと目を開けて流し目で隆人を見る。すると、目が合った隆人がガバッと摑みかかってきたのだ。

茜はそのままベッドに向かって、真後ろに押し倒された。

「きゃ——んぐ……」

驚きの悲鳴は一瞬で、すぐさま口の中に舌をねじ込まれて、くぐもった声に変わる。

隆人は仰向けになった茜の腰に跨《また》がり、馬乗りになると、更に唇を押し付けてきた。太腿に熱く硬い物が擦《こす》り付けられる。その昂ぶりは隆人が自分に欲情していることの現れに他なくて、茜の心臓がドクンと高鳴った。

(どうしよう……隆人が……隆人が、私に……嬉しい……)

長いこと自分の中にしまっていた気持ちだ。わかってはいたが、やっぱり自分は隆人が好きなのだ。

キスされても、触れられても、押し倒されても、隆人にされることなら全部が嬉しい。ずっと彼に触ってほしかった。幼なじみでも女友達でもなく、ただひとりの女として見られたかったのだ。今、それが叶っている——

「んぅ……は……っ、ぅ……」

雁字《がんじ》搦《がら》めにされて、身動きどころか顔を逸らすことすらできない。

身体にずっしりとした重みを感じる。隆人にのし掛かられ、組み伏せられた状態で交わす深いキスにゾクゾクした。

口の中を隆人の舌が這い回り、とろみを帯びた唾液が流し込まれるのがわかる。キスがただのキス以上に性的な行為に思えた瞬間、隆人の右手が茜の乳房を鷲掴《わしづか》みにした。

パジャマとブラ越しではあったものの、隆人は膨らみに指を食い込ませながら押し上げ、いやらしい手つきでむにゅむにゅと乳房を揉みしだいてくる。

（あ！）

キスで塞がれた唇は悲鳴すら上げられない。その代わり、口の中に注がれていた唾液が、怯んだ拍子に喉に流れ込んでくる。

隆人の唾液を飲んでしまった――飲まされてしまったことに、じわっと赤面する。嫌悪感がないのだ。こんな、いやらしいことをされたのに、嫌悪感がないどころか、まるで媚薬を飲まされたように身体が火照って、熱くなっていく。茜の中に、自分を女として見てくれた隆人を拒絶する選択肢なんか、はなから存在しないのだ。

（……隆人……好きだよ……。私、ずっと隆人が好きだったの……）

素直じゃないし、口下手な自分が、この想いをうまく伝えることなんて、もしかすると一生できないのかもしれない。

でも、隆人だけを見つめて、隆人だけを愛し続けることはできる。絶対にできる。

乳房を揉みながら激しくキスしてくる隆人を宥《なだ》めるように、茜は彼の背中にそっと手を回した。直接肌が触れて驚いたのか、隆人の動きが鈍る。唇が離れそうになるのを引きとめたくて、今度は茜から隆人の口内に舌を差し入れた。

くちゅ……小さく唾液の弾ける音がして、そのまま滑らかに舌が絡み合う。

隆人は一瞬だけ動きをとめたが、茜のキスに応えるように柔らかく舌を吸って、また舌を差し入れてくれた。

「は……ん……」

甘く掠れた息をもらしながら、互いの舌を吸い合って、呼吸の合間に唇が離れるわずかな間も惜しむようにキスに没頭する。

恐ろしく気持ちいい。鼓動はやまずにむしろ加速し、緊張だってしているのに、隆人とキスしている、隆人と抱き合っているという現実だけで心が満たされてしまう。でもそれはきっと、身体を満たされることを知らない茜だけだろう。

隆人は茜の乳房をまさぐりながら、熱く滾った物を太腿に擦り付けてくる。その硬さが、さっきよりも増している気がする。

今しているこれが、まだ序章なことぐらい茜だってわかっている。処女だといっても、伊達《だて》に年を重ねているわけじゃないのだから。

ここで自分は処女だなんて言ったら、せっかく欲情してくれた隆人の気を削《そ》ぐことになるかもしれない。藪蛇《やぶへび》になる可能性が一ミリでもあるなら、黙っているほうが吉！

「は……茜……」

キスの合間に隆人が呼んでくれる。ほら、その声がいつもと違う。女を欲しがる男の声なのだ。低くて、掠れていて、少し息が上がった声。

婚姻届を提出しても、結婚式を挙げても、新居に引っ越ししても、結婚したなんて実感は正直なかった。隆人が自分を女としてどう思っているのかわからないまま一緒にいてもなんの不都合も生じないくらいには、茜と隆人は気心の知れた仲だったのだ。

でもキスした瞬間、自分達の関係性がこれまでと変わった。

男と女だ。もう、キスする前には戻れないし、戻りたくない。

（……私には、隆人しかあり得ない……）

隆人と夫婦になるためなら、多少の痛みは我慢しよう！

「隆人……」

覚悟を決めて茜が呼ぶと、隆人はキスをやめて今度は耳元に唇を寄せてきた。

「あ、か、ね」

（っ!!）

艶《つや》っぽい声を鼓膜に直接吹きかけられて、背筋がゾクゾクする。落ち着かずに腰をもじつかせると、今まで乳房を触っていた隆人の手が滑るように腹を撫でて、ウエスト部分から茜のショートパンツの中に入ってきたのだ。

（あ……）

ドクンと一気に血が押し出されるのを感じる。次のステップに進んだことへの恐れと戸惑い、そして期待が茜の身体を駆け巡る。それは、抑えることのできない衝動となって、茜を隆人の胸に縋り付かせた。

ギュッと隆人が抱きしめてくれ、自分を受けとめてもらえたことに息をつく。彼は茜の瞼に軽くキスをして、ゆっくりとショーツのクロッチを撫で上げてきた。

「んっ……」

布越しとはいえ、今まで人に触れられたことのない処に触れられる落ち着かなさに、身体が強張って自然と内腿が寄る。すると、隆人の手を股で挟み込む形になってしまい、余計に恥ずかしい。かと言って、「やめて」と拒絶するのも本意ではない。むしろ望んでいることだ。ただ羞恥心だけはどうにもならなくて、ますます隆人の懐の中に顔を埋める。

それを知ってか知らずか、隆人が秘裂を人差し指の腹で擦ってくる。クロッチが割れ目に押し込まれて食い込み、相当恥ずかしい。そしてぷっくりと膨らんだ蕾《つぼみ》をゆっくりと捏《こ》ね回された。

（はうっ！）

甘美な刺激に恥ずかしい声が漏れそうになるのを、プライドで押し殺す。処女だというのがバレてしまう。

隆人は突っ張ったクロッチの上から蕾を引っ掻き、くにくにと押し潰してくる。そこだけを執拗《しつよう》にいじってくるのだ。気持ちよくて息が上がる。

茜は隆人の胸にぴったりと頰を寄せた。

「……んっはぅっ……」

嚙みしめた唇から思わず熱い吐息が漏れる。そうしたらいきなり隆人の指がクロッチの横からスルリと中に入ってきた。

（ひゃぁ!?　え、あ、うそ！　私、まだ濡れてないっ！）

初恋をこじらせ、干物並みに干からびた高齢処女が、初エッチでぐしょぐしょに濡れるなんてTL小説的ラブ展開など現実にはあり得ない。

二枚の花弁を広げ、彼の人差し指が膣口に触れてくる。それは想定よりも性急な動きで、茜の中に入ってこようとするのだ。

「っ……い、ぅ……」

まだ準備のできていない身体をこじ開けられる痛みに耐え兼ねて、小さく呻く。その茜の呻きを拾った隆人が、中からサッと手を引き抜いた。

隆人の身体が離れて茜を襲ってきたのは、開放された安堵ではなく、彼のぬくもりを失うことへの焦りだ。

（やだ！　どうしよう！　隆人が離れちゃう！）

あんな痛みくらいどうして我慢しなかったんだろう!?　初めてなんだから痛いのは当然だ。子供じゃあるまいし、黙って唇でも噛んで、身体が濡れるまで意地でも我慢してればよかったものを！　隆人が驚いて離れてしまったじゃないか。

（馬鹿、馬鹿、私の馬鹿！　意気地なし！　高齢処女！）

自分で自分を罵って両手で顔を押さえる。隆人に抱きしめられていたときにはあんなに熱かったのに、今は身体が冷えている。

（もうやだ……雰囲気ぶち壊し。絶対処女だって気付かれた……）

茜が半分自暴自棄になっていると、足元付近から隆人の驚愕《きょうがく》に満ちた声がした。

「え？　ちょ、ちょっと待て。茜、おまえ……もしかして、処女？」

上体を勢いよく起こした茜は、ベッド脇に突っ立った隆人を鋭く睨みつけた。

「そうですけど!?」

（なんか文句ある!?）

もはや心は半泣きだ。でも、本当に泣いてみせるほど乙女な真似はできなくて、いつにも増してつっけんどんな態度になる。

それでも隆人は、信じられないと言いたげに目を見開くのだ。

「なんでキレ気味!?　嘘だろ!?　あんなこなれたキスしてきて？　さっきだって、俺の乳首に息吹きかけてくるとか高等テクを――」

「ハァ？　乳首？」

　隆人がなにを言っているのか、まったく意味がわからない。茜がムッとして眉間に皺を寄せると、彼は不躾《ぶしつけ》にも茜の眼前に人差し指をビシッと突きつけてきた。

「ってか、おまえ男いたじゃないか！　何人も!!」

「いたけど、なんか違うな？　って思ったんだからしょうがないじゃない！」

（隆人のことが好きだからに決まってるでしょ!?）

　この本音を言えたらどんなにいいか。

　拗らせた想いに、羞恥心と自棄が重なって、茜の態度を頑なにさせる。

（隆人なんかを好きになっちゃったから、私はずっと処女だったのよ！　どうせ隆人は経験あるんでしょ!?　今までの歴代彼女といっぱいエッチしてきたんでしょ!?　なによッ！）

　茜が心の中で毒づいていると、隆人が急に、「は～～～」っと大きなため息を吐いた。

　それが心底面倒くさそうにしているように聞こえて、ビクッと身体が強張る。

「わ、悪かったわね、処女で！」

　若く初々しい子の処女ならば隆人も嬉しかろうが、三十路に片足を突っ込んだ高齢処女なんて、重たい上に面倒くさいに決まっている。しかも素直じゃない。価値なんて皆無だ。

　幼なじみだから気心が知れているという理由だけで、こんな女と結婚してしまったことを、隆人は後悔しているんじゃないか——そう思うと、胸がひどく痛む。

ベッドに座った茜がシーツをぐしゃっと掴むと、側に寄ってきた隆人が茜の足元にしゃがんだ。

「おまえなぁ……。処女なら処女って早く言えよ。大事なことだろ？」

下から顔を覗き込まれて、プイッとそっぽを向く。

「だ、だって……」

口籠《ご》もった茜を、隆人は床に膝を突いて抱きしめてきた。失ったと思ったぬくもりが戻ってきて、自分をこうして包み込んでくれたことが信じられない。

「……ぃ、言ったら、面倒くさいでしょ……？」

小さな声でぶーたれると、隆人は茜の鼻先に自分のそれをツンとくっつけて、眉を下げて笑った。

「んなわけないだろ。大事に大事に抱くに決まってる」

「…………」

そう言ってくれるのか、隆人は。

突き放されるかと思ったのに、思いの外優しい言葉を掛けられて、狭量《きょうりょう》な自分が恥ずかしくなる。

（もう……また好きになっちゃうじゃないの……）

幼なじみとしての隆人でなく、男しての隆人を見せられた感じがして胸が疼く。それは昔、味わったことのあるときめきだ。

自分が隆人に恋していると初めて気が付いたときと同じ、甘酸っぱいときめき——隆人は昔からそうだ。茜の心を誰よりも強く揺らす。

「たかと……」

「茜。全部俺に任せて」

優しい声で言われたら、茜は頷くしかない。

隆人はもう一度だけ深いキスをすると、その唇で茜の首筋をなぞってきた。そのままゆっくりとベッドに寝かされる。

緊張で、自分の肌が汗ばんでいるのがわかる。

『大事に大事に抱くに決まってる』

隆人の声が思い出されて、茜は目を閉じた。身体の力を抜くと、彼の手のひらに乳房がふんわりと包まれる。隆人は茜の身体を触りながら、いろんな処に唇で触れてきた。耳の裏や鎖骨、肩口——

パジャマのボタンをひとつ外す度に、乳房の間にも唇が触れる。肌の一枚下で、茜が馬鹿みたいに心臓を高鳴らせていることも、きっと知られているんだろう。

（初めてなのバレちゃったし、もう観念するしかないわね……）

パジャマのボタンを全部外した隆人の手が、今度はショートパンツを引き下ろしてくる。この日のために新調した無難な白地のペア下着があらわになって、なんとも気恥ずかしい。隆人の視線をチクチクと感じる。

「そ、そんなに……見ないで……恥ずかしいの」

思わず手をやって、ブラとショーツを隠す。すると、隆人がゆっくりと上から覆い被さってきた。パジャマがなくなったせいで、重なる隆人の肌と密着してドキドキする。

「悪い。茜があんまり綺麗だから見惚《みと》れた」

「っ！」

（き、綺麗、って……）

ただでさえドキドキしているのに、なんて心臓に悪いことを言うんだ。しかも耳のすぐ横で！　赤面して固まる茜の肩口を撫でながら、彼は尚《なお》も話してくる。

「茜は綺麗だ……昔から、ずっと……」

茜は隆人に綺麗だなんて今まで言われたことがない。けれども、昔からずっとそう思ってくれていたということ？

考えている間に、背中に回された隆人の手が華麗にブラのホックを外す。浮いたブラをあっという間に取り払われて、茜はサッと顔を横に向けた。

胸元を腕で覆う茜の首筋に、隆人の唇が触れてくる。

「見られるの恥ずかしいんだろうけど、悪いな。俺は見たい」

低い声と同時に手首が摑まれて、ゆっくりとシーツの上に置かれる。あらわになったふたつの膨らみに、直接隆人の視線が注がれた。それは、下着越しに見られるのとは段違いの羞恥心を掻き立てる。なにもしていないのに息が上がって、緊張から背中に汗をかいた。

「ああ……綺麗だな。本当に……」

ため息まじりの声だった。隆人はゆっくりと乳房を包むように触れると、その先にキスする。

（あ……）

頭で感じるより先に、身体の奥がきゅんと疼いた。それは生まれて初めて感じる疼きで、茜を戸惑わせる。どこが疼いているのか、その疼きの正体はなにかを知る前に、茜の乳首は隆人の口の中に含まれていた。

「んっ……」

じゅっと吸い上げられて、息が上がる。隆人は吸った乳首を唇で挟み、軽く引っ張って離した。決して強く吸われたわけではないけれど、茜の乳首は隆人の唾液を纏って、ぷっくりと立ち上がっている。隆人は反対の乳首も同じように吸うと、ふたつの乳房を揉みながら、交互に乳首を吸いはじめた。

「は……ん……く」

自然に漏れる自分の声から顔を背けて、口元を手で押さえる。吸われているのは乳首なのに、なぜだかお腹の奥がズクズクしてとまらない。乳首を吸われて、変な感じがする。想い続けてきた幼なじみと、性的なことをする妙な後ろめたさと、想いが叶おうとしていることへの期待。そして、隆人に胸をしゃぶられている現実に、静かに興奮する。

隆人は正中線を唇でなぞりながら、少しずつ身体を下げてきた。臍《へそ》の窪《くぼ》みに舌を差し込まれて、隆人を睨む。隆人の舌は意地悪だ。

ショーツを少しずつ引き下げられる。羞恥心から脚を寄せ、茜は右手で秘部を隠した。けれども隆人は構わずショーツを抜き取って、脚を左右に開いてくる。そして、尚もあそこを隠す茜の手にキスしてきた。

隆人の息遣いを、手を通して感じる。今やこの右手が、茜と隆人を隔てる唯一の壁だ。脚の間に陣取った隆人は、茜の手ごと舌先で割れ目を舐め上げてきた。

「……ぅ……」

得も言われぬ感触に思わず息を呑んだ。隆人は茜の指の隙間から舌をねじ込み、舌先を使って二枚の花弁を開いてくる。すると当然、茜の指は隆人の唾液でとろとろに濡らされていくことになる。

指が舐められているのか、あそこが舐められているのかわからなくなってきたそのとき、割れ目の奥に息づく蕾をピンと弾かれて、茜の腰が浮いた。

「はぁんっ！」

突然上がった大きな女の声に驚いて、両手で自分の口を塞ぐ。両手で口を塞げば、当然あそこは丸見えで――

焦った茜が視線をやると、隆人が満面の笑みで舌舐めずりをしていた。

「ああ、舐めやすくなった」

両手で花弁をぱっくりと開かれ、猛烈な羞恥心に襲われる。隆人は『全部任せて』と言ったけれど、恥ずかしい処だけでなく、身体の中まで覗き見られるなんて。

「やだぁ……」

心底辱められている気分だ。柄にもなく涙が滲む。脚を閉じようとしたけれど、腿の付け根をしっかりと押し開かれて、それもできない。

隆人は薄く笑いながら、茜の中に尖《とが》らせた舌先を挿《い》れてきた。

「はぁう」

痛みはない。柔らかな舌がぐにょぐにょと中で蠢《うごめ》いて、内側から押し開かれているのがわかる。隆人はまるでキスしているかのように花弁を舐め回し、中に舌を挿れるのだ。

「は……茜……あか、ね……気持ちいいか？」

垂れる唾液を啜りながら自分のあそこを舐めてくる隆人を見ていると、たまらない気持ちになってくる。幼い頃からずっと一緒にいた隆人が、初恋の隆人が、夫になった隆人が

——自分の身体の、一番恥ずかしい処を舐めてくる。

痛がった茜のために、彼はあんな処を舐めてくれているのだ。初めは辱めに感じていたこの行為だが、これは隆人による献身的な奉仕に間違いない。そう思ったら、お腹の奥が——今まで存在すらろくに意識したことのなかった子宮が——きゅんきゅんと疼いてきた。たぶんこれが、気持ちいいということなのだろう。でも、それを素直に認めることはできなくて——

「……わ、わから、な……」

小さな声で応えると、顔を上げた隆人がそこにふっと息を吹きかけてきた。

「わからないか。初めてだもんな。でも、濡れてきた」

独り言ちる隆人の声と共に、秘裂が指先でなぞられる。ぬるっとした感触は唾液よりも粘着質で、とろみを帯びていて、そして熱い。

それが自分の身体の奥から垂れてくる愛液だと気付いて、茜の体温が一気に上昇した。

「あ……」

声が漏れるのと同時に、隆人の指が滑らかに茜の中に入ってくる。隆人が指を少し動かすだけで、くちょ……っと音がして、恥ずかしい。

「中を解《ほぐ》すぞ。痛くないようにするつもりだけど、痛かったら言え」

「……ん」

ゆっくりと指が抜き差しされる。入ってくるときは真っ直ぐ。抜くときは膣肉を広げるように押しながら。言葉通り、隆人は痛くはしなかった。ただ、痛くはない代わりに、指の腹で媚肉をなぞられると、新しい愛液が滲んでくる。

「ん……んん……は……」

「指、増やすぞ」

短いひと言と共に、指が二本に増やされる。

「はう！」

ギチギチと膣口が引き伸ばされる感覚は、痛みというより圧迫感に近い。節くれ立った隆人の指が、肉襞に引っ掛かって中を広げながら擦る。茜が眉を寄せると、隆人が臍のすぐ下に柔らかくキスをしてきた。

「ここまで入ってる。わかるか？」

お腹の裏側を引っ掻くように動かされて、突き上げる感覚と共に、ちゃぷちゃぷと水を掻き混ぜる音がする。

「ああっ、あ……」

自分の中に隆人の指が入っているのがわかる。それを一度意識してしまったら、もうとめられない。膣肉が隆人の指を確かめるように締まって、吸い付いて、濡れる。小刻みに、リズミカルに、何度も何度も同じ処を擦られ、媚肉が震えた。

「ふ……ぅ、あぁ……ぅ」

いくら唇を噛みしめても声が漏れて、恥ずかしさに顔が熱くなっていく。

（ど、どうしよう、……私、私……）

隆人の指に身体の中を掻き回されて、こんなに気持ちよくなってしまうなんて。普段の強気な自分がぐずぐずに溶かされていくようだ。これ以上は、おかしくなってしまう。

「た、隆人、もうやめて。なんかヘンなの」

音《ね》を上げて腰を引こうとしたが、隆人に阻まれる。彼は茜の腰を掴んでニヤリと笑った。

「大丈夫だ。茜の中、だいぶ濡れて柔らかくなってきた。ほら」

そう言いながら隆人は、指を大きく前後させてきた。途中まで引き抜かれた指が、またずぶずぶと身体の中に入ってくる。何度も何度も繰り返し隆人の指が出し挿れされる。

それは、処女の茜にもセックスを連想させる動きで、脈が更に加速した。

下から突き上げられ、圧迫された子宮がまたきゅんきゅんしてくる。広げられた膣口から泡立った愛液が垂れて、後ろまで伝った。濡れていなかった初めの頃が嘘みたいだ。

「あっ！　あんっ、ぅあ、だめ、だめぇ、こんな……こんなにしちゃ……」

「俺のを挿れられるようにちゃんと解さないとな」

（あぁっ！　そこ、だめ……あぁっ！　なに、これ……）

太腿の内側を押さえられ、脚を閉じることができない。力が入らない。知らなかった快感を教えられて戸惑っているはずなのに、身体は反応するのだ。気持ちいいと。

膣口が指を咥《くわ》えたままヒクヒクと痙攣《けいれん》しはじめたとき、隆人が腰を押さえていた手を伸ばして、親指で蕾をくにゅっと押し潰した。

「あっ！」

腰が跳ねる。隆人は中に埋めた指を回転させながら媚肉を抉ってきた。そして、下腹を押さえながら、蕾を捏ね回す。

「んっ！　あっ……たか、たかと、たかと！　やだ、だめ、そこさわっちゃ……」

「ふーん？　舐められるほうが好きか？」

「そぅじゃ、……く、て……ううう、あ……」

隆人は左手で花弁を開いて蕾をいじり、膣口に咥えさせる右手の指を出し挿れしてくる。

シーツの上でのたうち、身を捩《よじ》る茜を摑まえて、快感で責め立ててくるのだ。

裸にされ、中も外も隆人の指にいじられて、恥ずかしいのに、気持ちいい。円を描くように蕾をくりくりされると、頭が真っ白になって、なにも考えられない。心臓が壊れてしまいそうだ。

快感が隆人の手を通して身体中に這い回ってくる——

「は、はっ、う、あ……ひうっ、あ、あぁぁっ——————!!」

追い上げられて、今までこらえていた声が嬌声《きょうせい》となって一気に解き放たれる。

どっとベッドに沈んだ身体が熱い。身体の中に熱が籠もっていて、肌がしっとりと汗ばんでいる。

「は……はぁはぁ……ァ……んく……はぁはぁ……はぁはぁ……」

息を荒らげ、胸を大きく上下させる。口から漏れるのは、高熱に浮かされたときと同じ吐息だ。身体に力が入らない。そんな茜を見つめつつ、隆人は臍のすぐ下に口付けてきた。

「いったな。気持ちよかったか？　でもまだ終わりじゃないぞ？」

囁きつつ、隆人は蜜口を掻き回す。

「はぁあああぁぅ！」

喘ぎながら茜が赤い舌を覗かせたら、中に埋められた指がまた増えた。

「んっ！」

指を三本も挿れられる圧は、これまでの比じゃない。でも、初めての絶頂を味わったばかりの身体は、濡れながら悦んで隆人の指をしゃぶる。隆人は茜の中を指で広げて出し挿れし、快感に震える処女肉を執拗に擦ってきた。そして、熱い息を吐きながら蕾をぴちゃぴちゃと舐めるのだ。

舌先で包皮を剝いて、尖った肉芽を舌の柔らかな処で包むように舐める。時々、唇で挟んでちゅぱっと強く吸い上げられると、膣口がヒクヒクしてしまう。力なんて入らなかったはずなのに、隆人の指を咥えさせられたまま、ヒクヒク、ヒクヒクと絶え間なく動く。

「茜……中、もうぐちょぐちょ……」

隆人がゴクリと生唾を呑む気配がする。

くったりと目を閉じる茜の中から、彼の指がゆっくりと引き抜かれた。

「茜の中に入りたい」

微動だにしない茜の額に貼り付いた髪を優しい手つきで払いながら、隆人が囁く。茜がゆっくりと目を開けると、頬にちゅっと口付けられた。

「いいか？」

駄目な理由なんてないのに。隆人は律儀《りちぎ》だ。処女な茜を思い遣ってくれているのかもしれない。

茜はすりっと隆人に頬擦りすると黙って頷いた。そんな茜に、彼はもう一度口付けると、自分のスウェットを脱いだ。脚の間に、熱い物が押し充てられて緊張が高まる。これが隆人の漲《みなぎ》り――見えないが、かなり硬い。隆人はそれをゆっくりと上下させ、愛液でぬるつく花弁を開いていく。何度か愛液を塗りつけるように滑らせると、隆人の漲りが茜の肉の凹みにぴったりと嵌まる。ふたりの距離がゼロになった瞬間だった。

「力抜いて」

知らぬ間に身体が強張っていたことを、隆人に言われて初めて知る。力を抜こうと深呼吸すると、頬にキスされた。

見上げると隆人と目が合う。彼は茜の知らない男の目をしていた。情熱的なのにどこか切ない、そんな男の目……

視線が絡んで離れないのは、お互いが、お互いを見つめているから。そんな中で、唇が重なる。そして、隆人がゆっくりと茜の中に入ってきた。

膣口が、指を挿れられたときとは比べものにならないくらい引き伸ばされる。たっぷりと濡れていたはずなのに、肉同士が強く擦れ合う。あそこが裂《さ》けてしまいそうだ。その痛みに、茜の身体からぶわっと汗が噴き出した。

腰が勝手に引けてくる。でも茜は逃げられやしなかった。隆人が茜の身体をしっかりと抱きしめて離さないのだ。そして唇も離れない。

見つめ合うキスをしながら、舌を口内に挿れられる。それと同時に、隆人の漲りがズブッと茜の身体を貫いた。

「――――っ!!」

声は出ないのに、まるで決壊したように、ボロボロと涙があふれてくる。想像していた以上に太い物を挿れられているのがわかる。こんなの、指の比じゃない。

隆人は唇を離して、痛ましそうに眉を寄せた。

「痛いか?」

聞かれて、小さく首を横に振る。確かに痺れるような痛みはあったが、涙の理由《わけ》はそれじゃない。隆人とひとつになれたそのことが、胸を満たして茜を歓喜に泣かせるのだ。

ずっと、ずっと彼が欲しかった。

他の誰と付き合っても一線を越えることができなかったのは、本当に欲しかったのは隆人だからだ。その彼が今、自分の中にいる——

（大好きだよ……隆人、大好き……）

茜は隆人の背中に両手を回した。隆人も茜をしっかりと抱いてくれる。

キスをして、目を合わせて、またキスをして……身体をぴったりと重ね、頬を寄せ合ってお互いの存在を確かめ合う。茜から無駄な力が抜けると、隆人は頬を触りながら囁いた。

「動くぞ。できるだけ早く終わらせるから」

終わらなくたっていいのに。そう思いながらも、黙って頷く。

隆人は茜の額に口付けて、ゆっくりと腰を動かしはじめた。

肉棒が出入りする度に、くち、くち……と、愛液が掻き混ぜられる音がする。隆人は揺するように腰を動かしながら、茜の乳房を吸ってきた。

急に胸を刺激されて、驚いた蜜口がギュッと締まる。すると、隆人の眉間に皺が寄った。

ピタリと腰をとめて、隆人がうな垂れる。見ると隆人の額に脂汗が浮かんでいて、苦しそうだ。

「隆人、どうしたの？　苦しいの？」

心配になって彼の頬に手を当てる。隆人は視線を逸らしながら小さく呟いた。

「気持ちいいんだよ……ほっとけ」

「〜〜〜っ！」

意味がわかってなんだか恥ずかしい。でも同時に嬉しかった。

初めてのセックスで隆人を満足させられるか不安だったが、彼がこの身体で気持ちよくなってくれるなんて。

もっと気持ちよくなってほしい。そして、自分に夢中になってほしい。もう他の誰も見ないでほしかった。

「もっと……気持ちよく、なって？」

そう言って頬を撫でると、隆人の目の色が変わった。

「人が堪《こら》えてんのに煽《あお》るなって！　もう知らんぞ」

隆人は上体を起こすと、茜の膝を押し広げて、ぐっと中に入ってきた。

「ああっ！」

荒々しく腰を叩きつけられ、奥の奥まで掻き混ぜられる。隙間なく埋められた蜜路は、もう隆人のものだ。処女肉は隆人の形に変わって、ぴったりと吸い付く。強く擦られれば擦られるほど、愛液が湧いてあふれた。

隆人が出し挿れする度にぐじゅぐじゅっと恥ずかしい音が上がる。もう、愛液があふれすぎて、太腿もお尻も、シーツまでもぐちょぐちょだ。身体が熱い。熱が籠もって苦しい。なのに気持ちいい。隆人とひとつになれているその事実だけで、達してしまいそうだ。

隆人は茜の身体を思いのままに貫き、処女肉の締まりを堪能して味わっている。お腹の裏を雁首《かりくび》で擦るように、抉りながら引き抜かれると、腰が浮き上がってガクガクする。

大きく脚を開かされた茜は、のし掛かってきた隆人に根元まで挿れられ、シーツを掻き毟《むし》って悶《もだ》えた。

「あぁ……ひぁ！　はぁはぁ……あ、く……」

抜け落ちそうになるまで引き、今度はしっかりと根元まで挿れられる。奥まで入ったら、隆人は恥骨でぐりぐりと蕾を押し潰しながら、鈴口で子宮口を突き上げてくるのだ。指で解された処の更に奥まで、肉棒で掻き回される。

隆人は茜の身体の中にどこまで自分の物が入るか試すように、容赦《ようしゃ》なく奥に入ってくる。

「はぁああんっ！　ふかぃ……こんな、おく……は……ぁ……あぁ」

「……茜が悪い。俺を煽るからだ。優しくしてやろうと思ったのに」

煽った罰だと言わんばかりに乳房が鷲摑みにされ、押し出された乳首がおもいっきり吸われる。指が食い込むほど強く乳房を揉まれているのに、まったく痛くない。それどころか、隆人を受けとめているのだと思うと、愛しさが増すばかり。

（大好き……大好きよ、隆人……）

身体にしがみつき、乳房を吸いながら腰を振ってくる隆人を見つめて、茜は彼の髪をそっと撫でた。こんなに愛おしい男はいない。

「隆人、気持ちいい？」

「ああ、気持ちいいよ。茜の中、すっげー気持ちいい……たまんない」

隆人は乳房を吸うのをやめて今度は唇を合わせてきた。茜の頬や髪を何度も撫でて、口の中に舌を挿れてくる。上からも下からも隆人が入ってきて、ずっと空っぽだった身体を満たしてくれる。彼を抱きしめずにはいられない。

（ああ……隆人が気持ちいいって……嬉しい……）

蕩けきった表情の茜の唇を吸いながら、隆人が低く呻いた。

「ぁ……出る……茜、中に射精《だ》すぞ。いいだろ？　俺たち、夫婦なんだから……」

息を荒らげながら囁いてくる隆人のその目が、切なく懇願《こんがん》していてゾクゾクする。彼はそれを望んでいるのだ。隆人を受け入れる以外の選択肢なんて、茜には考えられない。隆人とひとつになりたい。隆人の全部が欲しい。隆人にならこの身体を好きにされて構わない。その結果、彼の子供がこの身体に宿《やど》るなら……幸せだ。

茜が小さく頷くと、律動《りつどう》が激しさを増した。

隆人は上体を起こし、茜の腰を押さえ付けて腰を振りたくってくる。初めての身体なのに、遠慮なく奥処《おくか》を突き上げられて、頭が真っ白になった。

気持ちいい。苦しくて、熱くて、それでも気持ちいい。

ひと突き、ひと突きされる度に、身体の中を快感が侵食していく。腰がガクガクしてとまらない。

「ああ！　ぁひ、ぅあァ！　アアッ！　ひぃいんっ！」

裏返った嬌声を上げながら、身悶える茜の乳房を隆人が掴んだ。

乳房を揉まれると、媚肉が勝手にうねって、ぎゅうぎゅうと隆人の張りを締めつけてしまう。もっと、もっと、自分の奥に隆人を引き込もうと、女の身体が本能で蠕動《ぜんどう》するのだ。

この男が欲しい、と。

「ああ……たかとぉ……」

思わず隆人に手を伸ばすと、彼がしっかりと握ってくれる。

「茜……くァ……っ！」

隆人が低い声で呻いた瞬間、身体の奥に熱いものが勢いよく広がっていく。ビクビクと何度も張りが跳ねるのを感じて、茜は頬を染めて俯いた。

（あ……本当に出てる。隆人のが……私の中に……いっぱい……）

精液を注がれているのがわかる。

心も身体も好きな男に満たされるこの気持ちを、なんと言えばいいのだろう？

隆人とこうなりたいと、ずっと願っていた。それが今、叶ったのだ。

（……幸せ……）

余韻《よいん》に浸る茜の頬を、熱い手が触れてくる。

「初めてなのに、荒くして悪かった。大丈夫か？」

目を開けると、眉間に深々と皺を寄せた隆人が顔を覗き込んでいるのだ。その距離が近い。もう、唇が触れ合いそうな距離だ。今までキスどころかもっとすごいことをしていたというのに、甘酸っぱいドキドキが身体中を駆け巡っている。

「だ、大丈夫……」

それ以上言葉が出てこない。

隆人に「気持ちいい」と言わせることに成功はしたが、最後には腰くだけにされてしまった。なんだか負けた感じがする。でも、まったく悪くない気持ちだ。

繋がったまま見つめ合って、赤くなって、目を逸らす。そんな初恋同士の高校生みたいなことをしていると、隆人が口を開いた。

「俺も、初めてだ。……中に射精《だ》したの……」

ドキンと胸が鳴る。「茜は特別」と言われた気がしたのだ。

「そ、そっか……」

「ん……。——今、抜くからな」

本当はまだ繋がっていたかったけれど、茜が口を開くより先にぞろりと隆人の物が引き

抜かれる。

「あっ！」

身体の中を占拠していた熱が抜けるのと同時に、中に注がれた射液《もの》がとろりとこぼれて、茜は思わず脚を寄せた。

「悪い。だいぶ出たから」

隆人は恥ずかしそうに首の後ろを掻いて、そっと茜を抱きしめてきた。

あたたかくて優しい抱擁だ。ずっと好きだった隆人にこうしてもらえることが嬉しくて、感慨深く目を閉じる。

「……ありがとな」

「え？」

声が小さすぎてよく聞こえずに聞き返す。きょとんと目を瞬く茜に、隆人はまた笑った。

「これからよろしくって言ったんだよ。奥さん」

(お、おく、おく、奥さんって！　ん〜〜〜〜っ!!　奥さん！)

今頃になって、隆人と結婚した実感が湧き起こってくる。

いつもみたくツンと澄まして、「よろしくしてあげるわよ」なんて言ってやりたかったが、顔がどうにも締まらない。ニヤニヤしてしまう。隠すなんて無理だ。だってこんなに嬉しいのだから。

茜は隆人の腕の中で、満面の笑みを浮かべた。

◆　◇　◆

隣で寝息を立てる茜を眺めつつ、隆人は胸中で独り言ちた。

（やべぇ……幸せすぎる）

高校時代からずっと彼氏がいた茜だ。初体験なんてとっくの昔に済ませていると思っていたのに、蓋を開けてみればなんのことはない、処女だって？

驚きと共に、歓喜に胸が沸くのをとめられなかった。

『いたけど、なんか違うな？　って思ったんだからしょうがないじゃない！』

茜はそう言った。

すなわちそれは、今まで茜の恋人の椅子に収まってきた男全員が、彼女の心も身体も開かせることができなかったということに他ならない。つまり彼女は、今までの歴代の恋人たちを、本当の意味では愛していなかったのだ。

茜が新しい男を連れてくるたびに、今度はアイツが茜に愛されるのか。茜を抱くのかと、嫉妬で眠れぬ夜を過ごしてモンモンとしていたあの頃の自分に教えてやりたい。

——そいつらは全員、茜に触れることなく三ヶ月後には別れてるから安心しろ、と。

（他の男は『なんか違う』って思ってたんだろ？　俺に抱かれたってことは、俺ならいいって思ったたってことだよな？　茜は俺を選んだんだよな？）

茜のお眼鏡に適う男なんかいなかった。自分は他の男たちとは違った。気の強い茜が自分には身体を許した。その事実がどうしようもなく嬉しい。

茜に恋愛感情を押し付けられたことなんて一度もないだけに気づけなかったのだが——

（俺は特別ってことだよな？　もしかして茜は、かなり俺のことが好きなんじゃないか？）

もはやニヤニヤのデレデレである。茜の媚態《びたい》が網膜《もうまく》に焼き付いて離れない。

綺麗だった。可愛かった。そして最後に見せてくれた、こぼれんばかりのあの笑顔。あんなのは何年ぶり——いや、初めてかもしれない。

茜はクールビューティを地でいくタイプで、口を開けての大笑いなんかまずしない。いつもツンツンな彼女に最高のデレをもらった気分だ。

（茜。早く素直になれよ～）

幸せに蕩けた締まりのない顔で、隆人は眠る茜にキスをした。

第二章　労リバトル

「おはよ」

「おはよう、茜」

朝、目を覚ますと大好きな隆人と目が合う。ベッドから下りて伸びをする彼は、黒のボクサーパンツ一丁の上半身裸だ。

上体を起こした茜は、筋肉質な隆人の背中を横目でチラチラと見ながら、寝癖の付いた髪を手櫛《てぐし》で梳《す》いた。

結婚して知ったのだが、隆人は寝るときにパジャマを着ない。下半身こそ下着を穿いているが、上半身は裸の半裸族だ。冬もそうやって寝るらしい。本人曰く、そのほうがよく眠れるんだとか。

けれども、起き抜けにいきなり隆人の裸を見ることになる茜は、「おまえはダビデか」

と言いたくなるような肉体美を前にして、朝から鼻血を噴き出しそうになる。

今日から十月。入籍してから七ヶ月。一緒に暮らしはじめてひと月。隆人とふたりっきりの生活にはまだ慣れない。

出勤の支度に時間のかかる茜が先にシャワーを浴びる。その間に隆人がパンをトーストして、簡単なサラダと野菜スープを用意してくれる。

買ってきた惣菜パンを囓《かじ》っただけで出勤していたひとり暮らしの頃に比べると、かなり健康的な朝食だ。

(くっ……、毎度ながらおいしい)

隆人が作ってくれたコンソメ風味の野菜スープを飲みながら、ちょっぴり悔しい気持ちを味わう。ＢＧＭは、新婚祝いに貰ったＡＩスピーカーが流してくれる最新のニュースだ。今日は晴れらしい。

揃って朝食を食べたあとは、隆人はシャワー。茜はメイクだ。メイク中は見られたくないので、茜は寝室に籠もる。

(そう言えば、今日から新しい人が入るのよね)

スパチュラでこの秋新色のリキッドルージュを唇に塗りながら、そんなことを考える。

授かり婚をした羽田が今月から産休に入るので、代替人員として女性事務員が採用されたのだ。本当はもっと早く採用する手筈だったのだが、あまり応募がなく、羽田の産休と入れ違いになってしまったらしい。羽田が隆人の下に付いていたこともあり、その新人も隆人の下に付くことが決定している。

　十月は税理士の業務が比較的ゆとりのある月だ。年末調整が行われる十二月を皮切りに二月、三月の確定申告、そして多くの企業が決算が終わる五月まで長い繁忙期に入る。今のうちに少しなりとも馴染んでもらいたいところだ。

（隆人が指導するのよね。女の人らしいけど、何歳くらいかしら?）

隆人に接近する女のことが事細かに気になるのは、茜の女としての性《さが》かもしれない。

ティッシュで軽く唇を押さえて、ルージュの発色をマットに抑える。

　ヘアアレンジは、ハーフアップから巻いた髪を編み込みにして、シニヨン風にひとつに纏め、大きめのパールバレッタでとめた。そうしてお気に入りのブランドスーツに身を固めれば完成だ。バリキャリ姿に変身して寝室の扉を開けると、脱衣所で髪をいじっている隆人と鉢合わせする。

　着替え自体は隆人のほうが早いはずなのに、茜がメイクと髪と着替えを終えるまでずっと髪を整えているのだから、彼の母親が「朝っぱらから、ずっと髪の毛をいじっている」と言ったのも本当なんだろう。

（……将来ハゲるのかしら、この人）

　ふとそんなことを考えていると、髪型に満足したらしい隆人がドヤ顔でふんぞり返った。

「どうよ？」

硬めのワックスを揉み込んでいるのか、ラフに撥ねさせたスタイリッシュなビジネススタイルは女から見ても好感度が高い。文句なしでイケメンだし、隆人が自分の夫であることに誇らしい気持ちもあるのだが、格好よすぎて時々不安になる……。

「……はいはい」

素直に褒めるなんてできなくて、適当にあしらって玄関に向かうと、隆人が後ろから付いてきた。

「茜、キスは？」

振り返れば、ニヤニヤと笑っている隆人がいる。

出掛ける前になると、隆人はいつもキスをせがんでくる。「いってきます」「いってらっしゃい」のキスが欲しいらしい。新婚夫婦にはよくある光景なのかもしれないが、茜は未だに隆人とのキスが慣れない。でも、応じない選択肢はなくて――

「ん」

言葉少なにツンと顎を上げて目を閉じる。すると隆人の手が、そっと頬に触れてきた。

柔らかく唇が押し当てられて、口の中に舌が入ってくる。舌の付け根から先端まで丁寧に舐め上げられて、背中の辺りがゾクゾクしてとまらない。絡んだ舌先をちゅっと軽く吸い上げ、今度は口蓋まで舐められる。

「は……ん……」

唇が離れてから、茜は顔を伏せた。心臓がドキドキする。

こんないやらしいキス、出掛ける前に相応しくない。これはベッドでするのと同じキスだ。そう思いながらも、隆人にキスをせがまれると応じてしまう。慣れない自覚がある癖に、彼と触れ合うことをやめられないのだ。

「はー。これで、今日も一日頑張れそう」

茜の腰に回した手を軽く組み合わせた隆人が、しみじみと息を吐く。

「大袈裟……」

そう言ってみせながらも、ちょっと嬉しい茜がいる。照れくさくて下を向くと、瞬時に顎を持ち上げられた。またキスされる――

もう一度唇が触れ合いそうになった途端、茜は隆人の胸を押して彼の腕から逃れた。

「……遅れちゃうわ。今日、新しい人が来るんでしょう?」

ドキドキする胸を押さえて襟を正すと、隆人は渋々《しぶしぶ》といった調子で宙を仰いだ。

「ああ。経験者らしいんだけど、やっと決まった人員だから、手加減してやってくれって所長から言われてる」

産休代替人員にまで辞められると他の社員に皺寄せがいくので、なんとしてもそれは回避したいところである。隆人は抱えている案件が多いから、彼の下に付く事務員は多忙になりがちだ。そこをうまく割り振ってくれと言われているのだろう。

「なんにせよ、人手が増えるのはありがたいことね。あ、そうそう。私今日、打ち合わせが午後から二件あるの。直帰の予定なんだけど、あなたは？」

「俺は今日、打ち合わせは入れてないんだ。一緒に昼飯食おうぜ。帰りはバーで待ち合わせでもするか」

「了解」

そうやって話をしながら、ふたりは家を出た。


「今日から一緒に働かせていただきます。石川舞美《いしかわまいみ》で～す。よろしくお願いしま～すっ」

朝礼で所長に紹介された女の子が、可愛らしく頭を下げる。

栗色の髪をマニッシュボブにして、黒のタイトワンピースに薄手のカーディガンを引っ掛け、厚めの唇にはグロスをたっぷり塗っている彼女の雰囲気は、全体的に緩い。比較的かっちりした服装を好む女性が多いこの事務所では、今までいなかったタイプだ。あまりに応募がなくて、所長が仕方なく採用したのだろうか？

（……若い……）

茜はそんなことを思いながら舞美を眺めた。大学生くらいに見える。しかし紹介によると、今年で二十七歳。独身らしい。

「じゃあ、新堂先生。石川さんの指導をお願いします」

所長に呼ばれた隆人が前に出る。

朝礼が終わって、隆人が舞美に自分の部下たちを紹介している姿を遠目に見ながら、茜は自分の仕事を開始した。

(さてと。メールチェックしなくちゃ)

この事務所では、個人やベンチャー企業の依頼を受けて、税務代理や税務書類の作成、税務相談を請け負っている。男性税理士が多いこの事務所で、茜は唯一の女性税理士だ。

クライアントから、月に一度の経営相談の日程を変更してほしいという旨のメールが来ているのを確認して、茜はスケジュールを開いた。

(金曜日、金曜日……大丈夫そうね。よし、『変更承りました』と)

メールを打ちながら今日の作業の段取りを考える。今は閑散期《かんさんき》とはいえども、年末調整に向けていろいろ取り掛からなくてはならない。クライアントからの問い合わせメールも、他に何通か来ている。今日も午後からの訪問が二件入っているし、やることは多い。

「千葉先生。コンティネント社の会計入力終わってますのでチェックお願いします」

いつもサポートしてくれている事務の子が、報告してくれる。茜はキーボードを打つ手を止めて、意識的に微笑んだ。

「ありがとうございます。早かったですね。お昼までに見ておきますね」

柔らかい表情と言葉遣いを心掛ける。女友達が皆無なせいか、同じ職場の女性らともどういう距離で接すればいいのか、未だによくわからないのだ。他の女性らは、何人かでランチに行ったりしているようだが、茜が誘われたことはない。

給湯室で皆が談笑しているのを見て、「羨ましいな」「私も一緒にお話ししたいな」と思っても、茜が側を通りかかると、なぜか皆黙ってしまうのだ。

仕事のことなら話してくれるのだが、プライベートな話になるとサッパリである。

隆人は以前から、「千葉さんと付き合っているの？」と聞かれていたらしいが、茜は一度もそういったことがなかったのがいい例だ。つまり、皆にとって隆人は、聞きやすいし、話しやすいが、茜はそうじゃないということなのだ。猛烈《もうれつ》にとっつきにくい女だと勘違いされているに違いない。職場の皆が隆人との結婚を祝福してくれたのも、隆人の人徳のお陰。隆人と結婚しても妙に距離を置かれたままだ。自分はそんなに話しにくい雰囲気なのだろうかと、茜の悩みは尽きない。

メールを一通送って、三列向こう側にある隆人のデスクをふと見る。

彼は自分の隣に舞美のデスクを置くことにしたらしい。ファイルを広げながらパソコンの画面を指差し、彼女になにかを説明しているのだが——

（ええッ？　ちょっと待って、距離近くない!?）

近い。隆人と舞美の距離がとてつもなく近い。

ファイルを広げる隆人と、それを覗き込む舞美の距離は、もう肩が触れ合いそうなほど近いのだ。それは他人の距離じゃない！　そして隆人を見つめる舞美の瞳は完全にハートになり、頬は薄く染まっている。

茜が思わずガタッと立ち上がると、周りの数人の視線が飛んでくる。その中には隆人の視線も。

用もないのに立ち上がってしまったことを誤魔化すように、茜は無言で回れ右をした。そのままオフィスを出て、レストルームに飛び込む。

（お、落ち着くのよ、私。落ち着いて……）

手洗い場の鏡を見ながら、まったく落ち着かない旋律《せんりつ》を刻んでいる心臓を宥める。

この事務所の人たちは、茜と隆人を祝福してくれたし、以前からふたりが幼なじみだということを知っている人ばかりで、隆人に積極的にアタックするような女性はいなかった。だから油断していた。

隆人は無駄に顔がいいから、異様にモテるのだ……

彼を初めて目の当たりにした女性らの反応は、だいたい二通りに分かれる。

観賞用と割り切るタイプ。そして、恋人になりたいと近付きたがるタイプだ。舞美の反応はまさしく後者——

隆人に近付いた女たちが、彼の恋人の座に収まるのを側で見ていたかつての嫉妬が蘇ってきて、胸の中が勝手にざわざわしてくる。

（……いや、でも……もう、結婚してるし……）

鏡に映る自分が、不安そうな顔をしながらもそう囁いてくる。

結婚していることなんて、そのうち隆人が言うだろう。仮に言わなくても、彼の左手の薬指には結婚指輪がある。今までとは違うのだ。

隆人は自分と結婚していて、彼が恋人を作ることはもう二度とない。だから安心していいはず。それに、イケメンが自分の直属の上司になり、指導してくれるとなれば、誰でもそれなりに嬉しいだろう。そもそも、舞美が隆人に近付きたがっているという考え自体が、茜の勘違いかもしれないのだ。

「ふー……」

細く長い息を吐いて、とりあえず手を洗い、頭の中を一度リセットしてみる。

大丈夫。今は指導中で、隆人と舞美の距離が近いこともあるだろう。こんなことでいちいち妬いてどうする。

気を取り直した茜がオフィスに戻る。するといきなり、舞美が「きゃっ！」と短く悲鳴を上げながら、隣にいた隆人に抱き付いたのだ。

（ぬぁあああ!?）

声も上げぬまま、茜はその場に固まった。

舞美が隆人にぴったりと身を寄せて、腕に胸を押し付けているのだ。今すぐ飛びかかって、彼女を隆人から引っ剝《ひぺ》がしたい衝動に駆られたのをぐっと我慢する。

オフィスの入り口で、奥歯を噛みしめた茜が唇を引き絞っていると、隆人がキャスター椅子に座ったまま、彼女から冷静に離れた。

「なに？　どうした？」

舞美を見つめる隆人は、困惑している様子だ。若干、眉間に皺が寄っている。そんな隆人に向かって、舞美は声を振り絞るのだ。

「む、虫が飛んで……」

「え？　虫？」

「わ、わたし、虫、ホント駄目なんです！」

隆人が宙に視線をやるのと同時に、茜も視線を左右に動かしてみる。

（虫なんかいないけど……）

そもそも窓が開いていない。が、虫の侵入経路は窓以外にもあるし、絶対にいないとは言い切れない。舞美は隆人のジャケットの裾を右手で持ち、左手を自分の口元に当てて、ちょっと泣きそうになっている。

（……いや、虫なんかどうでもいいから、その手を離しなさいよ……）

隆人から手を離さない舞美を見て、怯えて可哀想と同情するよりも先に、むしろ、舞美が隆人の周りを飛び回る虫に見えてしまう狭量な自分がいやになる。隆人にちょっかいを出されたみたいで、不快に感じてしまったのだ。

心底苦手なものが突然近くにやって来たら、誰だって驚く。虫が苦手という舞美が、怯えてしまうのも無理もないことだろうに。

隆人が誰と付き合っても、今まで表に感情を出さないようにしてきたのに、こんなちょっとしたことが目に付いて、しかもイライラしてしまうなんて！

これではいけないと瞬時に思い直して、茜は隆人と舞美の側に寄ろうとした。

——のだが……

「大丈夫ですか!?」

隆人の向かいに座っていた丸顔の男性社員が立ち上がって、舞美の側に駆け寄る。

彼は奥村《おくむら》といって、税理士見習いだ。税理士資格を取得するまであと一歩で、おそらく二、三年後には試験に合格するだろうと隆人が見込んでいて、茜と隆人で時々、勉強を見ている。

奥村は舞美に向かって、鼻息荒く捲し立てた。

「次見かけたら、僕に言ってください！　バシッと退治しますから！」

「どうもぉ……ありがとうございます？　えーっと……すみません、まだお名前をちゃんと覚えてなくって……」

舞美がやや困惑した様子でお礼を言っている。

「あ、奥村です。よろしく！　僕、石川さんと同い年なんで、敬語とかいいですよ！」

と、自己紹介した奥村が、右手を差し出して握手を求めた。その彼の頰がいつもより赤い。彼の握手に応じるために、舞美が隆人のジャケットの裾から手を離した。

(奥村くん、グッジョブ!!)

ガッツポーズを連発した挙げ句に、奥村の頭を撫でてやりたい気分だ。やらないが。

表情は変えないまでも、耳だけはしっかりと隆人らに向けて、茜は自分のデスクに戻った。隆人が「困ったときには奥村に聞くといい」と言っているのが聞こえる。

隆人と舞美の間に、奥村がしっかりと陣取っているのを確認して、平常心を取り戻す。

今度、奥村の試験対策を念入りに見てあげようと思いながら、茜は仕事の続きに取り掛かった。


昼になった。

仕上がってきた会計のチェックを済ませた茜は、財布を持って隆人のデスクに向かった。

朝、家を出るときに、一緒に昼食をとる約束をしていたからだ。

茜が近付くと、隆人は腕時計を確認して、舞美に説明していたファイルを閉じた。

「まだ説明の途中だが、昼になったから一旦終わろう。休憩は一時までだから、それまでに戻ってきて」

「はーい」

舞美がニコニコしながら返事をする。

隆人が席を立つと、舞美が「すみません」と彼を引きとめた。

「あの、この辺のご飯屋さんがよくわからなくて……。よかったら、お昼をご一緒させてもらえませんか？」

（え？）

茜自身、ひとり飯が平気なものだから、わざわざ昼食まで上司に同行しようという舞美に面喰《めんく》らう。食事処なんてスマートフォンで検索すれば、すぐにわかるだろうに。

隆人は「ああ、そう」と言いながら、視線を茜に向けてきた。

「別にいいけど、連れもいるぞ？　約束してるんだ。千葉、いいか？」

隆人が茜を呼ぶと、すぐさま舞美がこっちを見てくる。その目が様子を窺っているのを感じて、茜は小さく頷いた。

「ええ。いいわ」

相手は新人だ。彼女は彼女なりに、新しい職場でコミュニケーションを取ろうとしているのかもしれない。これから同じ職場に勤める仲間だ。ここで突っぱねるのは大人げない。

「あ、いいな。僕もご一緒させてもらっていいですか？」

まだ休憩に入っていなかった奥村が話に加わってくる。珍しい——というか、初めてのことだ。普段、茜と隆人が昼食に行く時に、彼が一緒に行きたいと言ったことなんて今まで一度もなかったのに。

もしかして、奥村は舞美と食事に行きたいから、自分も同行したいと言っているのだろうか？　なんとなくそう思った茜は、また同じように頷いた。

「もちろん。いいでしょ？　新堂くん？」

隆人にも確認を取ると、当然の如く彼も頷いてくれた。

「じゃあ、皆で行くか」

隆人を先頭にしてオフィスを出る。後ろに続くのは舞美、奥村、そして茜だ。奥村は舞美の隣に並んで、ずっと彼女に話しかけている。

「石川さんは、税理士試験受けるの？」

「わたしは頭よくないし、お仕事のお手伝いだけさせてもらおうと思ってるんです」

「そんなこと言わずに受けてみればいいのに。僕は必須五科目のうち、三科目合格してるんだ！」

「わぁっ。税理士目指してるんですねぇ。さすがぁ〜。人生設計しっかりしてそう〜」

「うん、まぁ、計画的に受験しないとね、この資格難しいしね。一発合格するなんて不可能って言われてるしね」

「すっご〜い！　かっこいいなぁ〜」

「べ、勉強教えようか？　ほら、僕、現役受験生だし」

「嬉しい〜。せっかくだし、お願いしようかなぁ〜。でも、わたしホント馬鹿だから……」

「そんなことないって！　大丈夫だよ！」

「そうかなぁ〜。でも奥村さんのお勉強の邪魔したくないですし〜。わからないところがあったら聞くので、教えてくださいね！」

舞美のキラキラした瞳に見つめられ、奥村が鼻の下を伸ばしている。そんな彼の後ろ姿に、なんだか茜のほうが赤面したくなった。

なんだこれは？　勉強ばっかりしていて、女慣れしていないのが丸わかりじゃないか。

（お、奥村くん……たぶん、そのアピールの仕方は間違ってるわ……）

舞美の気を引きたいのかもしれないが、自分頑張ってますアピールは、初対面の女の子にすることではない気がする。

舞美は表情こそ笑顔だが、反応は女の子の「さしすせそ」定型文そのものだ。だが、当の奥村が舞い上がっているのが後ろからでもわかるだけに、これは見ているほうが辛い。

まるで、キャバ嬢と酔っぱらいのオッサンの会話ではないか。舞美のほうが一枚も二枚も上手だ。加えて、一発合格するなんて不可能と奥村が言った資格に、一発合格している人間がここにふたりいるわけで。舞美が本気で資格の勉強をするなら、奥村ではなく茜か隆人に教わるほうが効率がいい。が、これは言ってはいけないのだろう。

たぶん、隆人も同じ気持ちで、このツッコミどころ満載な奥村トークを聞いているに違いない。肩がぷるぷると上下していて、笑いを堪えているのが丸わかりだ。

（……が、頑張れ、奥村くん……）

後輩の不器用さにほろりと涙しながら、茜は心の中で奥村にエールを送った。

そうして四人で入った店は、オフィスの近くにある個人中華料理店だ。

外装も綺麗で若い女性も入りやすそうな店先なのだが、目立たない路地裏にあって、案内の看板も出していないから、初見では見つけにくいのが難点だ。だが味はいいので、リピーターがかなり多い。

店内は多少混み合ってはいたものの、運よく待つこともなく、円卓に案内された。時計回りに、隆人、舞美、奥村、茜の順で座る。

「俺、回鍋肉《ホイコウロウ》定食」

「私は酢豚《すぶた》定食にするわ」

茜と隆人は何度も来たことがあるので、メニューを見ずにすぐに決める。舞美が悩みながらメニューのページを捲った。

「う〜ん、ここはなにがおいしいですか？」

「好き好きじゃないか？　まぁ、日本人向けの味付けで癖もないし、なんでもうまいよ。俺は回鍋肉が好きなだけ」

「じゃあ、わたしも回鍋肉にしようかな〜」

隆人と同じ物をと舞美が言うと、奥村も「じゃあ、僕も」と言う。

結局、茜以外の全員が回鍋肉定食を注文した。

（ここの酢豚はおいしいんだからね！　パイナップルは入ってないし！）

そう思いながらも、人に勧めることはせずに黙っておしぼりで手を拭く。不意に、向かいから舞美の視線を感じた。

「すみませ〜ん、ご一緒しちゃって。もしかして……お邪魔でしたか？」

茜と隆人を交互に見ながら言う彼女に、「ここまで一緒に来ておいて今更？」と思わないでもない。が、思ったことをそのまま口に出すほど、大人げなくはない。

茜は穏やかに首を横に振った。

「いいえ。これから同じ職場なんですから、仲良くしましょう。ご挨拶が遅れてごめんなさい。私は千葉茜。税理士で、新堂くんとは同期です。わからないことは気軽に聞いてくださいね」

まだだった自己紹介をする。

新堂の妻です――と言ってもいい場面だったかもしれないが、なんとなく気恥ずかしい思いが先行した。隆人や、他の人から紹介されたくなるのは、新婚特有のものだろうか？

余所行きの顔で微笑むと、奥村がなぜか誇らしげに口を開いた。

「千葉先生は、新堂先生の奥さんなんだ。おふたりは幼なじみで、最近ご結婚されたばかりなんだよ。夫婦で税理士だなんてすごいだろう？」

（奥村くん、グッジョブ‼）

奥村のファインプレーに心の中で拍手喝采を送る。茜の望んでいることをピンポイントで言ってくれるなんて、なんていい子なんだろう。今度、資格取得に向けたマル秘ノートをプレゼントしよう！

茜は隆人と顔を見合わせて、少しはにかんだ笑みを浮かべた。

「実はそうなの。ふたりとも新堂じゃ紛らわしいから、私は旧姓で仕事をしているのよ」

苗字が違う説明をすると、舞美はニコニコしながら頷いた。

「そうなんですね。幼なじみってことは昔から一緒ってことですよね？　それで結婚したんですか？　子供の頃も一緒、家でも一緒、職場も一緒、お昼も一緒とかなんかすご～い！」

舞美の言葉を、「仲がいいんですね」というニュアンスで受け取って、悪くない気分を味わう。

（石川さん、素直な子じゃない）

隆人にちょっかいを出そうとしているなんて思って悪かった。茜が内心、舞美への評価を改めていると、彼女はニコニコしたまま、再び口を開いた。

「それってぇ――なんだか飽きません？」

「え？」

思ってもみなかったことを言われて、面喰らう前にキョトンと瞬きする。

茜が呑み込めていないことはすぐに舞美に伝わったらしく、彼女は小馬鹿にするようにクスリと笑った。

「やだぁ～。そのままの意味ですよ。他意はないで～す」

他意はない？

新婚夫婦を摑まえて、ずっと一緒にいて飽きないかと言ってのけながら、他意はない？

むしろ、おもいっきり悪意しか感じないが？　幼なじみ同士、お互いで妥協したのかと。

（隆人が、ずっと一緒にいる私に飽きてるかもしれないとでも言いたいの？　それとも、女房と畳は新しいほうがいい的な意味？　やっぱり隆人を狙ってるの？）

世の中には、既婚者であろうがお構いなしに手を出す輩もいると聞く。

妙な笑い声が漏れた。

「うふふ……」

円卓を挟んで、茜が絶対零度の微笑みで舞美を見つめると、彼女は彼女で頬杖を突き、火花を散らすような挑戦的な眼差しで見上げてくるのだ。ブリザードと落雷の対決に、円卓がシンと静まり返った。

自分の振った話題がこんなことになるとは思っていなかったのだろう。奥村が下を向いて気まずそうに黙っている。

「はい、回鍋肉定食お待ちどおさま！」

そんな中、店員がやってきて、どかどかと料理を置いていく。

茜の酢豚定食はまだだ。

ムッとしながら押し黙る茜の横で、隆人が割り箸をパキンと割った。

「飽きるとか考えたこともないな」

なんでもないことのように言いつつ、隆人は回鍋肉を食べはじめる。彼は咀嚼《そしやく》しながら、茜のほうを向いた。

「おまえ、俺に飽きたか？」

「いいえ？」

「じゃあ、いいや」

ニカッと笑って隆人が「食う？」と回鍋肉を指差す。見慣れた彼の笑みだけど、茜の心臓がトクンと高鳴った。

「……いらない。たぶん、もうすぐ来るから」

「千葉はここに来るといつも酢豚食ってるんだよ。酢豚も結構いけるらしいぞ。おまえらも今度食ってみたらいい」

隆人は舞美の失礼な言動なんかまるでなかったかのように、話を変える。

そんな隆人の対応を大人だなと思いながら、茜は彼が自分に飽きたのかを聞いていなかったことに気が付いた。茜は隆人に飽きていないと言ったが、逆を彼は言っていないのだ。話題に上がったときに聞けばよかったのかもしれないが、今更蒸し返すわけにもいかない。舞美の質問を茜が不快に思ったことを察知して、隆人が話題を変えてくれたのだから。

(『考えたこともない』って言ってたし、飽きたわけじゃないのかもしれないけど……)

今までは考えたこともなかったかもしれないが、これからは?

遅れてやってきた酢豚を食べながら、チラリと隆人を見る。

茜は隆人のことが好きだし、飽きてもいないが隆人は?

結婚はしたが、恋愛してのそれじゃない。彼にとってこの結婚は妥協ではないのか?

加えて、いつも異性関係が三ヶ月と持たない隆人である。一緒に暮らしはじめて、一ヶ月が経った。ふたりきりの生活に、隆人が飽きる日が来るのかもしれない。同居三ヶ月で離婚……? そう考えたら、思わずヒヤッとした。

(それは駄目! 絶対に駄目! 隆人に飽きられないようにするしかないわ!)

刺激だ。

夫婦生活を楽しく、飽きずに末永く過ごすために必要なのは、刺激かもしれない。

なにか刺激を……そう思いながら、茜はいつもの酢豚を黙々と食べたのだった。


夕方。クライアントへの訪問を終えた茜は、隆人との待ち合わせのバーには寄らずに彼にメッセージを送った。

『先に帰宅するわね。今日のお夕飯は私が作るから、家で食べましょう』

(これでよし……と)

スマートフォンを片手に、駅に併設されている大型スーパーに入る。やる気に満ち満ちた表情の茜は、スマートフォンの画面に表示したレシピサイトに載っている材料を、次々と買い物カゴに入れた。

(合い挽き肉、玉ねぎ……人参と。昔、隆人はハンバーグが好きって言ってたもんね。今夜は手作りハンバーグよ!)

隆人と一緒に暮らすようになってから、茜が料理をするのは今回が初めてだ。

朝は隆人が用意してくれるし、昼をお弁当にするのはちょっと無理がある。「夜ご飯くらい私が作ろうか?」と何度も言ったのだが、隆人が「茜も働いてるんだから、無理することない」と言ってくれるのに甘えて、ずっと外食だった。休日になると、隆人が小洒落たものを作ってくれる。

隆人が料理上手なのは知っているが、人に作ってもらって嬉しくないタイプではないはずだ。男を離さないためには、胃袋を摑むのが一番だと言うではないか。

隆人に飽きられないためにも、今回は奥さんらしく腕を振るって、ガッチリと彼の胃袋を摑む作戦だ。そうすれば、他所の女がちょっかいを掛けてきても、隆人はちゃんと茜の元に戻ってきてくれるだろう。

普段、料理なんかまったくしないし、高校生の頃の調理実習が包丁を握った最後だが、レシピサイトの動画を見る限りハンバーグの作り方は簡単そうだ。なぁに、腕に覚えはある。料理のアレンジだって得意なほうだ。サラダもスープも、ちょいちょいと作ってしまえるはず。うまくいけば、隆人からの評価もうなぎ上りに……

（うふふ。待っててね、隆人！）

茜は会計を済ませると、ご機嫌な足取りでスーパーを出た。

◆　◇　◆

『先に帰宅するわね。今日のお夕飯は私が作るから、家で食べましょう』

仕事を終えて、さてエレベーターに乗ろうかとしたとき、隆人はスマートフォンに届いていた茜からのメッセージを見て、完璧にフリーズした。

（え？　ば、晩飯？　作る？　茜が？）

これは地獄の晩餐会《ばんさんかい》への招待状か。今までのらりくらりと躱《かわ》してきた茜の料理が、遂に食卓に上るときがきたのか。いや、きてしまったのか……

（成長してればいいんだが……）

最後に食べた高校生の頃の調理実習を思い出してみる。

確か、課題のメニューは、サバの味噌煮だった。しかし隆人の目の前に出されたのは、大いなる海が育んだサバだったものがぐちゃぐちゃになった残骸《ざんがい》と、ヘドロと化して異臭を放つ味噌と醤油のタレ。そして、なぜか大量にかけてあるマヨネーズ。

サバ味噌をマヨネーズでアレンジするのも、別に悪くはないだろう。しかし煮込みの段階で失敗しているので、マヨネーズでトドメを刺した形になっており、ソレはもはや、地球上に存在してはいけないものに変化していたのだ。

アレを完食した当時の自分を褒めてあげたい。一緒に出てきた味噌汁とほうれん草のおひたしは、サバ味噌の印象に掻き消されて正直、よく覚えていない。サバ味噌を口にしたときの隆人は、軽くトランス状態に陥っていたと思う。

そもそも、茜が自分のメシマズに気付けない要因は隆人にある。隆人の策略で昔から友達のいない茜は、実習で作った料理を食べてくれる友達が隆人以外にいなかったのだ。加えて隆人が「うまいよ」と言って、毎度毎度完食するのも悪い。結果、変に料理に自信がついた茜は、家で母親に料理を習うことをしなかったのだ。

（茜をメシマズにしたのは俺なんだよなぁ……）

覚悟を決め——いや、ここは悟りを開くところだ。

たとえメシマズでも、それが茜だと。彼女こそが、自分が長年愛した唯一の女なのだ。愛する茜の手料理を食べないなんて選択肢は隆人には存在しない。もちろん、メシマズを指摘して茜を傷付ける選択肢もだ。

（茜……メシマズなおまえでも、俺は愛してるからな……）

だからどんな料理もどんと来い！　おまえの料理は全部俺が食ってやるという気概はある。むろん、そのあとは胃薬に頼るが。

胃から湧き上がってくるものを無言で呑み下していると、背後からポンと背中を叩かれた。誰かと思って振り返れば、今日から入ってきた新人の石川舞美だ。

彼女は丸い二重の目をぱちくりさせて、ニコニコと愛想のいい笑みを浮かべていた。

「お疲れ様で～す。ご指導ありがとうございました～。明日もよろしくお願いしますっ」

そう言って、礼儀正しく頭を下げてくる。

今日一日、舞美に業務指導したが、前の職場でもちゃんとやれていたのだろう。よく勉強している。初歩的な説明は必要なく、様式の違いを教え込むだけでよさそうだ。

仕事面で問題はないのだが、彼女はやたらと距離が近いしボディタッチが多い。「おまえのパーソナルスペースはどうなっているんだ？」と問い詰めたいくらいだ。茜の適度な距離感に慣れている隆人からすると、近過ぎるのは苦痛でしかない。

「虫が！」なんて言って抱き付いてきたが、どう見たって虫なんかいなかった。

よく言えば小悪魔。悪く言えば打算的。自分が可愛いとわかっているタイプの女だ。散々男を食い物にしてきたんだろう。自分は愛されると確信している自信が透けて見える。

女に免疫のない奥村ならともかく、隆人にはその女としての自信も鼻につくだけだ。

男はそんなに馬鹿じゃない。場数を踏めば、女には女の下心があるということに気付く。だいたいこの手のタイプの女は、相手《おとこ》が自分をちやほやしてくれないとわかると、さっさと態度を変えるものだ。舞美のこの態度も最初のうちだけだろう。

茜が嫉妬して、「もうっ！　隆人には私がいるのにっ！」なんて不貞腐れる可愛い一面を見せてくれるなら、うっとうしく纏わり付いてくる新人の相手もしてやろうと思えるが、残念ながら隆人は今まで一度も茜に嫉妬されたことがない。

彼女が嫉妬するような女なら、隆人が今まで付き合ってきた女に対してもそうだったはず。つまり、舞美がいくら隆人にくっついてこようが茜は眉ひとつ動かさない。現に今日だって、隆人に抱き付いてきた舞美を前にしても、平然と仕事をしていた。舞美に纏わり付かれても隆人にはなんのメリットもないのだ。上司として、一歩引いて構えるに限る。

心の中では辟易《へきえき》しつつも、営業用の顔で優しく微笑んだ。

「お疲れさん。しばらくは大変だろうけど、まぁ、頑張って。わからないことは、俺や奥村に聞いてくれたらいいから」

茜の名前はわざと出さなかった。舞美は茜とは相性が悪い気がしたのだ。

昼食のときも、彼女は茜を挑発するようなことを言っていたし、上手に隠してはいるが、どことなく好戦的な臭いがする。

「は〜い。わかりました。新堂センセに聞きますっ」

ほら、こういうところだ。

隆人は聞こえなかった振りをして、やってきたエレベーターに舞美を先に乗せた。

自分の帰宅を待っているであろう茜の手料理の存在が、胃に重くのし掛かる。正直、舞美のことよりも、こっちのほうが隆人にとっては重大だ。なにせ、トランス率一〇〇%。どんな料理が出てくるのか皆目見当がつかない。

(なんでいきなり、晩飯作るとか言い出したんだろうな、あいつは……。この辺のドラッグストアはどこだっけ？　駅近にあったような気はするんだがな……)

エレベーター内の電光掲示板をじっと見つめていると、舞美がクスリと笑った。

「どうしたんです？　難しい顔をして。お家で奥さんが待ってるんじゃないんですか〜？」

そんな顔をしていただろうか？　そんなつもりはない。胃薬のことを考えていただけだ。

隆人は適当に舞美をあしらった。

「思ったより手が掛からない新人みたいだし、明日からビシバシ扱き使う計画を練っていたんだよ」

「あ、ひどぉ～い」

耳に残るベタベタに甘い声にうんざりしながら、隆人はさっさとエレベーターを降りた。

「はい。じゃあ、お疲れさん」

「はーい。お疲れ様で～す」

舞美を振り返ることもなく駅に向かった隆人は、途中で見つけたドラッグストアに寄って胃薬を購入した。


「ただいま」

覚悟を決めて我が家の玄関を開けると、部屋の中にもわっとした焦げくさい臭いが立ちこめている。茜の反応はない。なんとなく、胃薬を購入したのは正解だったと確信する。

「ただいま」

リビングダイニングに入るときにもう一度声をかける。すると、キッチンの隅で茜がビクッと肩を竦ませた。

「お、お帰り。早かったわね」

振り返った茜は、ブラウスの上に隆人の黒いエプロンをしている。

彼女のエプロン姿を見るのは高校以来だ。懐かしさと、以前とは違う新鮮さが入りまじっていて、正直、顔が緩む。が、当の茜はというと、コンロの上にあったフライパンの中身を隠すように蓋をした。

「ごめんね。あの、失敗しちゃって……」

おお……自分の料理を失敗したとわかるくらいは、成長したのか。明らかに失敗作だったサバ味噌のマヨネーズのせを食べさせられた身としては、感動すら覚える。当時の彼女は、あれを成功作品として隆人に食べさせたのだから。

「どう失敗したんだ？　まだ挽回できるかもしれないじゃないか。一応、見せてみろよ」

鞄を床に置き、ネクタイを緩めながら促すと、茜は微妙な表情でフライパンの蓋を開けて、中の黒い物体を見せてきた。

「ちょっと焦げちゃって……」

前言撤回。挽回など不可能だ。これを〝ちょっと〟と言うのは、なかなか肝が据わっていると言わざるを得ないだろう。これは消し炭になったと言うのだ。隆人愛用のフライパンが悲惨なことになっている。

歪《いびつ》ながらも消し炭の形が丸いことから、ハンバーグだと当たりを付けてみた。

「これ、ハンバーグ？」

「あ、わかる？」

茜はちょっと嬉しそうだ。

「新しいキッチンだと加減がよくわからなくて、駄目ね。合い挽きだし、しっかり火を通さなきゃと思ってたら……」

こうなったのか。

（いや、キッチンは関係ないだろ、キッチンは……）

そうツッコミたいのをぐっと堪えてフライパンの横にあった鍋を開けると、こちらにはコーンスープが入っている。おいしそうな匂いだ。コーンスープのレトルトパックが洗って乾かしてあるのが目に入ったが、見なかったふりをしよう。このコーンスープは安全だ！

「おお！　スープあるじゃん！」

「あ、うん。サラダも一応……」

冷蔵庫の中には、キャベツとミニトマトのサラダがラップされて入っているではないか。これは切って載せただけのようだ。まだ変なアレンジはされていない。おそらく、ハンバーグにかかりきりになっていたのだろう。バゲットとスープとサラダがあれば、なんとか飢えはしのげるはず。

茜のアレンジは毒だ。悪くないはずの組み合わせでも、分量にさえも要らぬアレンジをして料理を殺す。そして隆人の胃も殺す。一応、胃薬は用意しているものの、回避できるものなら正直回避したい。今回の料理はまだセーフだ。なんていったって、ちょっと肉が消し炭になっただけ。発がん性物質もなんのその。

これはバトルだ。

茜の必殺アレンジ料理を食ったら最後、ノックアウト間違いなし。すなわち、完全なる敗北である。なんとしても茜の必殺アレンジを回避して、無事に夕飯を食べるのだ！

隆人は茜を振り返って微笑んだ。

「上等、上等。焦げてるところだけ除けたら食えるだろ。いける、いける」

「え？　私、作り直そうかと思ってたんだけど……ドレッシングも作らなきゃだし」

「ドレッシングなら俺が作るよ。茜は皿によそっておいてくれ。あー腹減った！　早く食いたい。飯にしようぜ」

隆人が催促《さいそく》すると、茜の頬がうっすらと染まった。

◆　◇　◆

隆人が焦げたハンバーグを「うまいよ」と言いながら食べてくれる。その姿を見ながら、茜は申し訳ないような気持ちと、照れくさい気持ちがまじってどうにも落ち着かなかった。

　明らかな失敗作なのに、こうやって食べてくれる彼の優しさに胸がきゅんとする。そう、隆人はいつも肝心なところで優しい。

　結局、今日の晩ご飯でまともに食べられたのは、バゲットと、コーンスープとサラダだけだ。サラダにはオリジナルドレッシングが欠かせないのに、隆人に作らせてしまった。しかもコーンスープは、実はレトルト……。あとでチーズを入れたアレンジをするつもりだったのだが、間に合わなかった。

　お腹を空かせた隆人を待たせるのも憚《はばか》られてそのまま出したが、あんなものは茜の納得する味ではない。アレンジしたら、もっとおいしかったはず……

　手抜き料理を隆人に食べさせてしまったようで、茜としてはなんとも消化不良だ。

　食事後は交互に入浴する。スキンケアを終えた茜がベッドに腰を下ろして小さくため息をつくと、隆人が隣に座ってきた。湯上がりの彼は、下着だけの上半身裸だ。

「なんだよ。まだ気にしてるのか？　ここのキッチンは火力強めだから仕方ないよ。まぁ、次頑張ればいいじゃないか」

　そう言って隆人は励ましてくれるが、彼が作ってくれる料理との完成度の差を思えば、キッチンの火力だけが問題ではないことくらい茜にもわかる。ハンバーグはかなり中まで焦げていて、食べるところはほとんどなかった。

(もしかして私……女子力が低い？　高校生の頃はもうちょっと料理ができたと思ったんだけど……)

一人暮らしをするようになってからは忙しさにかまけて、外食や出来合いのお惣菜、レトルト食品や、栄養たっぷりの冷凍食品に頼りがちだったのだが、それがいけなかったんだろうか？　家庭料理で隆人の胃袋を掴もうという作戦だったのに、完全に失敗だ。

隆人がおいしいと言ってくれた、調理実習で作ったサバの味噌煮を思い出す。あれは見た目こそ悪かったが、マヨネーズをのせてアレンジしたので、茜的には会心の出来だった。

あれから十年以上包丁を握っていない。きっと、間があきすぎて腕が鈍ったのだろう。何事も継続が大事だと反省してしまう。

「私、一から料理を勉強し直すわ」

茜がそうこぼすと、隆人が少し笑った。

「じゃあ、今度から一緒に作ろうか。俺が教えてやるよ」

「お願いしてもいい？　しばらく作ってれば勘を取り戻すと思うのよね」

隆人に教えてもらえれば、彼好みの味付けを覚えるチャンスでもある。そこにちょっとアレンジを加えたら、隆人も喜んでくれるかもしれない。茜の気分が多少上向きになってくると、隆人が首を傾げた。

「なぁ、どうして今日は晩飯を作ろうと思ったんだ？　茜だって働いてるんだから、無理しなくてもいいんだぞ？」

不意にそんなことを言われて、ギクリとする。

さすがは隆人だ。茜が思いつきで料理をしたことがもうバレているのか。

「そ、それは……」

「それは？」

誤魔化そうとしたが、妙案は思いつかず。かえって促される形になり、茜は渋々口を開いた。

「べ、別に、無理してるわけではないのよ。ただ、その……結婚したんだし、奥さんらしいことをしようかな……と思って………隆人に、飽きられないように……」

後半は尻すぼみになった茜が、もじもじしながら下を向くと、彼が笑う気配がした。

「なんだよ。石川が言ったことを気にしてるのか？」

「そ、そうよ……。悪い？　だって、あなた、女関係長続きしないじゃない……」

憎まれ口を叩きながら、ツンとそっぽを向く。

やっぱり、らしくないことを言うんじゃなかった。急に恥ずかしくなって、顔が熱くなる。これでは、「私に飽きないで」と言っているようなものではないか。それは、隆人に好きと告白しているのとイコールだ。そんなの恥ずかしい！

「わ、私も長続きするほうじゃないんだけど、その、せっかく結婚したんだし、夫婦生活を円滑に長続きさせたいっていう気持ちはあって！　ほ、ほら！　朝は隆人が用意してくれるじゃない？　だから夜は私が……と思って！　なんていうか、その……労い？　みたいな？　今までしたことないことをしてみよう、みたいな？」

恥ずかしさを誤魔化すように、早口で捲し立てる。

隆人はきょとんとしていたが、数秒後には「ぷっ」と噴き出して、声を上げて笑った。

「あはは！　あー、わかった。わかった。労《いたわ》ってくれてたのな。ありがとさん」

ガシガシと頭を撫でられて、余計に顔に熱が上がる。

再び頬が熱くなっていくのを感じて、なんだか居た堪れない。無言になって視線を逸らしたとき、隆人の手が身体に巻きついて、急に後ろに引き倒された。

「きゃっ！」

ベッドに倒されたことに驚いて目を瞬く間に、後ろから隆人がぴったりと抱き付いてきた。横になった状態で、スプーンのように重なる。

湯上がりに上着を着ない彼の肌が熱くて、パジャマ越しに染み込んで落ち着かない。

「え？　な、なに？」

動揺しながら背後の隆人を振り向く。すると、彼はニヤリと不敵な笑みを浮かべるのだ。そのまま後ろから回された手に、むにゅっと両方の乳房を鷲掴みにされた。

「ちょ、ちょっと！」

急にはじまった性的な動きに動揺して思わず声を上げるが、隆人はやめない。それどころか彼は茜の耳の裏で深呼吸をしながら、肌の匂いを嗅ぐ。

「茜、すごくいい匂いだ」

（〜〜〜っ!!　あ、当たってる……）

硬く聳《そび》え立つ物をお尻に押し付けられて、声にならない。もうパンパンになっているのがわかる。いつの間にこんなになっていたのか。ただ話をしていただけなのに？

茜が真っ赤になって両手で顔を覆うと、乳房を揉みながら隆人が囁いてきた。

「今、非常にヤル気なんですが」

「……あ、明日も、仕事なのよ……？」

結婚して、まだ数えるほどしかセックスしていない。それも週末にゆっくりする程度だ。

震える声で抗議するが、隆人はどこ吹く風。茜のパジャマのボタンを外して、ブラをグイッと押し上げた。そしてぽろんとまろび出た豊満な乳房を揉みしだきながら、いい声で囁くのだ。

「いつもと違うことをするのは、夫婦生活の刺激になっていいんだろ？」

「〜〜〜っ!!」

「いいだろ？　俺の奥さん？」

茜のやったことの真似をしているだけだと言われているようで、これ以上の抗議の言葉が出てこない。

茜が観念したのを察したのか、隆人の右手がショートパンツのウエスト部分から中に入ってきた。中指でショーツのクロッチを撫でられると、そこがもうしっとりと湿っている。

「あれ？　今日は濡れるの早くないか？」

隆人の問いかけに答えることなんかできない。いつもと違うから、興奮しているなんて。

茜はケットを抱き寄せて、口を押さえた。

淫溝が布越しに擦られ、蜜口からあふれた愛液がクロッチに染み込んで、広がっていく。

隆人の顔は見えないのに、隆人に抱きしめられ、乳房を揉まれ、あそこをいじられている。後ろからされるというのは初めてだが、なんとも変な感じだ。不安なようでいて、ドキドキする。妙な興奮に包まれている感じだ。

隆人は茜の身体を触りながら、首の後ろに唇を当ててくる。彼の吐息にさえも身体がピクピクと反応してしまう。そんな茜の肌を、隆人の舌がれろりと舐めた。

ゾクリとした感覚に肩を竦ませると、身体に絡みつく彼の腕がより一層密着する。ケットに押し付けた口から吐く息が熱い。自分の身体の中に、じわじわと熱が籠もっていくのを感じる。湿った布越しに蕾を捏ね回されると、自然に腰が引けてしまう。それは自分から隆人の硬い物にお尻を押し付ける形で、恥ずかしさが倍増だ。

あれを挿れられたときのことを身体が思い出し、蜜口からとろりと愛液が垂れてきた。

くちょ……っと淫らな音がして、顔をケットに押し付けたまま唇を噛む。すると、隆人の指がクロッチの脇から中に入ってきた。愛液の元を辿るように、濡れた花弁が開かれる。隆人は愛液をこぼす蜜口の周りを円を描くように撫でてきた。

「とろとろ。やっぱり今日は濡れるのが早いな」

あふれた愛液を指ですくいながら、隆人が耳元で囁く。そのため息まじりの声から、彼が興奮しているのが伝わってくる。このまま、してしまうんだろうか？　それでもいいけれど、そう言えばまだキスもしていない。

（……キス、したい……）

ケットから顔を上げて後ろを振り向く。すると、フェロモンだだ漏れの隆人と目が合う。無駄にかっこいいから、他の女にちょっかいを掛けられるし、不安になってしまうんじゃないか。

この男の全部が、自分のものになればいいのに……

昔から自分のものにならなかった男だから、結婚したといっても完全に安心できない。

飽きられるのが怖い。一緒にいるのが当たり前だと言ってくれたのは嬉しかったけれど、まだ一度も貰ったことのない言葉を望んでしまうのは、我《わ》が儘《まま》なのだろうか？　こんな気持ちになるのは自分だけ？

茜は苦しくなって、噛みつくように隆人の唇にキスをした。いつもとは違って、自分から彼の口の中に舌を差し込む。すると、茜の中に隆人の指が入ってきた。

「んっ！」

驚いて目を見開く。隆人はうすく目を開けて茜を見つめつつ、指を出し挿れしてきた。いつもとは違う情熱的な眼差し――茜を女として欲しがる男の目だ。

唇を合わせたまま、彼の指が肉襞を掻きわけて、気持ちいい処《ところ》を擦ってくる。中に入ってくる指が二本に増えた。初めの頃にあった痛みはもはやない。武骨な指が出たり入ったりしながら、我が物顔で茜の身体を侵食していく。

「ん……ぁは……」

不意に乳首を摘《つ》ままれて、唇の合わせから甘ったるい吐息が漏れた。舌を絡めて摺り合わせ、交換した唾液を飲み下す。指を挿れられた処からも、とろとろとした愛液がとまらない。そんな淫らな姿で首を反らせ、ひたすら隆人とのキスに興じる。唇が離れないのだ。

くちゅくちゅとしたこの淫らな音が、唇からしているのか、指を挿れられた処からしているのか、もうわからない。でも間違いないのは、この身体からしているということ。その身体は、隆人に反応しているということ。

隆人しか知らない、隆人だけに開かれた女の身体が、熱く疼く。

欲しい……。隆人が欲しい……。隆人を自分だけのものにしたい――

蜜口がヒクヒクして、隆人の指をしゃぶる。

「はぁあぅ……」

堪らなくなった茜が音を上げて声を漏らすと、隆人がいきなり指を引き抜いた。

「ああ！」

繋がりを絶たれたようで、切ない声が上がる。茜が腰をもじつかせると、隆人は茜のショートパンツをショーツごと剝くように引き下げた。

下肢を裸にされ、恥じらうよりも先に期待に頬が染まる。

隆人は自分の昂ぶりを取り出すと、そのままずぶりと茜の中に入ってきた。

「ああっ！」

身体を横に倒したまま、後ろから挿れられるなんて思ってもみなかった。

今までしてきたセックスは初めてのときと同じ、正常位ばかりだったから……

「な、なに、これ……？」

戸惑う茜を隆人が小さく笑う。

「どうだ？　いつもと違う体位は？」

そんなことを聞かれても、答えられない。それに、隆人の声が余裕なのも、経験値の差を見せ付けられたようで、なんだか悔しい。ことセックスに関しては、茜に勝ち目はない。

ケットを胸に抱き寄せてぐっと押し黙ると、隆人は茜の腰を摑んで、更に中に入ってきた。

「はうっ！」

思わず目を見開き、仰け反ってピクピクと震える。

初めての体位のせいか、いつもとはまったく違う処を突き上げられているみたいだ。

「あぁ……あ、ああ……」

震える声を漏らす茜の乳房を両手で揉みしだきながら、隆人は耳元で囁いてきた。

「茜に飽きられないように、俺も頑張らないとなぁ？」

意地悪な声と共に、腰が打ちつけられる。ゆっくりとした抽送。でも、的確に好《い》い処《ところ》を突いてくる。

「んっ……んんん……はぁ……ぅ……」

噛みしめた唇から、吐息まじりの声が漏れる。しかも隆人は両手で乳房を揉みながら、中を突いてくるのだ。

（ああっ……気持ちいい……）

好きな男が自分の身体の中にいる——触れ合って、繋がって、この男を独占しているその現実に、心も身体も満たされる。

茜が突かれながら腰を揺らすと、隆人が右手を乳房から離した。茜の身体の側面をなぞるように滑り、腰や太腿、そしてお尻を触る。くすぐったくて身を捩ると、隆人はなにを思ったのか、突然、茜の右脚を抱え上げたのだ。

「きゃっ！」

膝裏に腕を通されて、脚を下ろせない。右脚を大きく広げるように抱え上げられ、困惑と羞恥心が茜を襲う。足首には、未だにショーツが引っ掛かっているというのに。

「や、やだ、こんな……」

隆人を振り返り動揺を訴えるが、彼は聞かない。それどころか笑いながら、腰を大きく動かしてきた。

「こうすると、俺が動きやすいんだよ」

「ああっ！」

さっきよりも深く突き上げられる。躊躇《ためら》いがちに視線を下に向けると、太く赤黒い隆人の物が、じゅぶじゅぶと音を立てながら茜の脚の間に入っていくところだった。

（〜〜〜っ!!）

隆人が自分の中に入っている――それは感覚ではわかっていたことだが、実際に目で見たのは初めてだ。今まで何度かセックスしても、隆人の物を直視したことはない。それとなく視線を逸らしてきたのだが、遂に見てしまった。隆人の屹立は想像以上に雄々しく、処女のときに見ていたなら、恐怖で卒倒《そっとう》していたかもしれない。それを受け入れている茜のあそこは、隙間なくみっちりと引き伸ばされているのだ。

（本当に……入ってる……あんなに、あんなに深く……）

視覚からの情報が加わって、身体がぶるりと震えた。

根元まで入っていた隆人の物が、ずずずっと半分程引き抜かれ、愛液でぬらついた刀身がまた茜の中に入ってくる。何度も何度も、繰り返し出し挿れされて、自分の身体が侵食されていくのだ。生々しいはずなのに、目が離せない。

隆人がずぶずぶと埋没するように入ってくると、媚肉が擦られ、中から熱くなっていくのがわかる。燃え上がった蜜路はダラダラと愛液を垂らして、隆人を歓迎して離さない。出し挿れの最中、隆人の全部が抜け落ちても、またすぐに挿れられてしまう。

「ああっ……あ、ん……」

自然に声が出た。隆人がまた入ってくる。粘り気のある音を立てながら、奥まで深々と貫かれ、突き上げられ、隆人を全部受け入れる。ひとつになっている熱さにクラクラした。

そのとき、脚を抱えていた隆人の手が伸びてきて、繋がっている処のすぐ上に息づく小さな硬い蕾を、くにゅっと押し潰してきたのだ。

「はうっ!?」

突然の新しい刺激に、身体がビクッと跳ね上がる。茜の身体を抱きしめ、ぐいぐいと中に入り込みながら、隆人は耳元で囁いてきた。

「濡れすぎ。処女のときはなかなか濡れなかったのに、中がぐちゃぐちゃ」

「っ！」

恥ずかしくて茜は思わず顔を覆った。そんなことを言わないでほしい。この身体に濡れることを教えたのは隆人なのに。隆人が触るから、反応しているのに。

隆人に蕾を触られると、茜の意識とは無関係に、蜜路にじわっと新しい愛液が生まれる。まるで隆人に操られているみたいだ。しかも、そこを雁首で強く擦られて、中から気持ちいい。汗も、愛液も、あふれてとまらない。濡れすぎたいやらしい穴から、隆人の物がぬるんと出てくる。

彼は手を添えてそれをまた茜の中に挿れると、ずぽずぽと激しく出し挿れしてきた。

「っ、あ……ゃ、はげし、だめ……ああっ！　ああ！　やぁあああっ！」

「嘘つけ。俺に挿れられて感じてるくせに。こんなに濡らして……奥まで入るぞ」

意地悪な声で囁きながら、隆人が耳の裏を舐めてくる。もちろん、この激しい抽送をやめてはくれない。奥まで念入りに挿れてくる。

ベッドは軋み、掻き出された愛液が太腿を伝う。もうシーツまでびしょ濡れだ。

「ああっ！　あっ！　ひぅ！　奥だめぇ！」

「茜の奥にまで入れるのは俺だけだ。挿れさせろよ」

隆人の手が、熱が、囁く声と共に身体中を這い回る。

脚を広げられ、挿れられた処が丸見えの恥ずかしい格好で、乳房を揉まれ、蕾までいじられるなんて思わなかった。隆人のセックスに、身体が強制的に昂められていく——

「ああっ！　だ、だめ、こんな、奥、ああっ！　そこさわっちゃ、やだぁ！」

「俺は茜の旦那だからさ。茜の身体で、俺が触ったら駄目なところなんかないんだよ。俺は茜の身体を好きにしていいんだ。茜は俺のものになったんだよ」

「ん〜〜〜！　はぁはぁぁあ！」

耳元で囁かれる低音に、身体がヒクヒクする。身体が悦《よろこ》んでいるのだ。隆人のものになれたことに。

彼は茜からあふれた愛液をすくって蕾に擦り付け、親指と人差し指で摘まみながら捏ねてきた。赤く腫れぼったくなった蕾が、隆人の指の間をぬるん、ぬるんと滑る。

隆人は意地悪だ。茜が感じることしかしない。

濡れた蕾は隆人の指で包皮を剝かれ、赤い肉芽をピンと弾かれた。

「あ！」

乳房は指が食い込む程揉みくちゃにされ、痛くてもおかしくないのに恥ずかしいくらいに気持ちいい。愛液はとめどなく流れて、膣肉は激しく痙攣し、目の前がチカチカした。脚さえも閉じることはできない。茜はただ、濡れて、喘いで、隆人の愛撫に感じることしか許されないのだ。

「あっ、あっ、あっ、ああっ！　だ、め……そこ！　そこついちゃだめ！　ああっ！」

「気持ちいいか？　奥突かれて感じるようになってきたな。今日は奥でいかせてやる」

「んっ、んっんんんっ！　だめ……こんな、こんな……ああ！」

頭も身体もふわふわする。ぬぽぬぽと出し挿れされながら、痙攣した茜の身体が海老反りになる。すると、いきなり唇が塞がれた。

「んっ！」

自分がキスされているのだと気付くのに、どれだけの時間がかかったのかはわからない。けれども茜の舌は隆人のそれに当たり前に搦め捕られ、吸い上げられる。自分のすべてが隆人に奪われる感覚に、意識が遠くなる……

その瞬間、中にドクドクと熱い射液が注がれた。

「あっ！」

射精する鈴口をぐいぐいと子宮口に押し付けられて、ガクガクと腰が震える。隆人は蕾をいじりながら、まだ行為をやめない。執拗に腰を振っているのだ。

媚肉は感じて痙攣しているのに、休むことなく中を擦られて、立て続けの快楽に啼かされる。

「────!!」

中に射精《だ》されながら蕾を指の腹で擦られ、絶頂に昇り詰めた茜は一瞬目を剝いて、そのままズルズルと弛緩《しかん》した。

声も出ない。身体はただ熱くて、なにも考えられない。

力の入らない茜の口内をねっとりと舐め回して、隆人は唇を離した。同時にずるりと漲りを引き抜かれて、ぽっかりとあいた蜜口から、隆人の射液と茜の愛液がまざり合った濃厚な艶汁が垂れてくる。それが肌を伝う感覚にさえ、ゾクゾクした。

「ああ……」

力なく横たわる茜の身体に、隆人が上から覆い被さってくる。汗が浮いた乳房にかぶり付き、揉みながら乳首を吸う。未だ絶頂の中にいる茜は、なにをされても感じてしまう。

茜の脚を開いて、間を陣取る彼の物が蜜口に充てがわれる。彼の物が未だ硬いことに、茜は身震いして目を開けた。

「ぇ……？　な、に……？」

どうして未だこんなに硬いのだろう？　あんなにたくさん出したのに。普通、一度したらもう終わりのはず……

いつもならここで、お風呂に入ったり、抱き合いながらゆっくり話をするのに。

「今日はいつもと違うことをするんだろう？　さ、二回目をしようか」

「はっ!?　に、二回目!?」

「大丈夫、俺も茜に飽きられないように、めいっぱい趣向を凝らすよ」

「しゅ、趣向ぉ!?」

ニヤリと笑う隆人を前にして、冷や汗をかく。

あんなに激しくしておきながら、立て続けにもう一度する気でいるのか⁉　信じられない！　しかも、趣向ってなんだ⁉

心は逃げ腰なのに、快感に征服された身体は動かない。完全に腰砕けになっている。家庭料理で隆人の胃袋を摑もうと思っただけなのに、どうして絶倫っぷりを見せ付けられる羽目になっているのか。このままでは、身体がもたない！

「さてと、頑張りますか、奥さん？」

「ひっ！」

焦る茜にニヤリと笑った隆人は、茜の足首に引っ掛かっていたショーツをスルリと取って、ベッドに放る。捕まったのは自分のほうだと、茜が気付いた瞬間だった。

第三章　やきもちバトル

「新堂センセ！　ここなんですけど～。質問いいですか～？」

舞美の甘ったるい声に、茜はチラリと視線だけを上げた。新堂茜にはなったが、この場合、茜が呼ばれたわけじゃない。呼ばれたのは茜の夫――隆人だ。

「なんだ？」

隆人はキーボードを叩いていた手をとめて、身体ごと舞美のほうに向き直り彼女の話を聞いている。

（……だから、近いんだってば……）

隆人の肩にしなだれかかるようにベッタリと貼り付く舞美を見て、自然と眉間に皺が寄りそうになった。

舞美が事務所に入ってきて、ひと月が経った。

隆人の話では、彼女が経理経験者というのは本当らしく、仕事の手際はまずまず。新人指導といっても、前職場との相互互換だけでよく、即戦力としては充分らしい。が、入ってきてまだひと月ということもあり、日に何度かこうして隆人に質問している姿を見る。

質問自体は必要だし、いいことなのだが、その質問をしているときの距離が近いのが問題なのだ。肩が触れ合うのは当たり前、ときには胸まで当たっているのではないかと思うほど、彼女は身体を寄せる。誰にでもボディタッチが多い舞美だが、隆人には殊更《ことさら》多いように感じる。それを見て、胸の中がモヤモヤするのだ。

妻が同じ職場にいるとわかりながら、あえて隆人に近い距離を取る舞美も理解できない。挑発されているのだろうか？

彼女は外回りがないせいか、いつも緩い服装だ。今日もチラッと胸が見えそうで、同性としてヒヤヒヤする。これは、茜が年を取ってお局様《つぼねさま》思考になったせい？

(そして、ひとりで不快になって言い出せないでいる私よ……)

自分で自分が情けない。

本心ではイライラしているにもかかわらず、それを舞美にも隆人にも言えないのだ。

そして、今まで隆人がどんな女と付き合ってきても平気な顔をしてきたものだから、どうやって〝いやだ〟という気持ちを伝えればいいのかわからないでいる。

別に浮気しているわけでもないのに、女房がヒステリックに騒ぎ立てたら、隆人だって困るだろう。それこそ、面倒くさい女だと愛想を尽かされるかもしれない。

『は？　おまえ、そんなこと気にしてんの？　面倒くさい奴だなぁ……こっちは仕事でやってんだよ。グチグチ言うなよ』と、隆人の呆れた声が今にも聞こえてきそうだ。

そうだ。こんなことを気にするほうがどうかしているんだと自分を宥めて、そしてまたモヤモヤを溜め込む。

（はぁ～～～っ）

心中で大きなため息をつきながら、茜は仕事の手を再開させた。

今書いているメールを送信したら、打ち合わせの為に顧客企業に出向かなくてはならない。茜が事務所内にいるときですら、舞美は隆人にベッタリだ。茜が席を外せば、エスカレートするのだろうか……？　ああ、こんなみっともない思考回路から、早く逃れたい。

茜はメールの送信ボタンを押すと、デスクのファイルを取って、自分の鞄に入れた。

「打ち合わせに行ってきます」

そう言いながら、ホワイトボードにある自分の名前の横に、外回りと書いたマグネットを貼り付ける。

茜がチラッと背後を見ると、舞美に指示を出している隆人の熱心な姿があった。仕事に夢中になって、茜が外回りに出ることに気付いていないのだろう。

「いってらっしゃい」

他の事務員たちに見送られながら、後ろ髪を引かれる思いで茜は事務所をあとにした。

「――こちらができあがった決算報告書になります」

グリーンのファイルを捲って、顧客企業の代表取締役に一枚ずつ書類を説明していく。

この会社は、技術者である代表が立ち上げたＩＴ企業だ。茜の事務所に会計を依頼してきたときはまだ小さな会社だったのだが、堅実に実績を重ね、今では大企業とも取り引きのある優良企業に成長している。会計ソフトのアプリケーションの扱いにも長けていて、伝票整理も自分でやってくれるので、この会社で茜がすることといったら、源泉徴収関連事務を中心とした書類諸々の作成と、調査が入った場合の立ち会い、税務相談だ。しかも、決算月が珍しい十一月。税理士の繁忙期をずらしてくれているので、実は大変ありがたい企業のひとつだ。

「先生。正直、事務所が手狭になってきたのが悩みのタネでして。移転を考えています。移転にかかる事務処理もお願いしたいんですが……」

四十歳になったばかりの代表が、柔和な表情でそう切り出してくる。

事務所が移転すれば、所轄の役所に届け出を出さねばならない。個人の引っ越しでも住所変更は面倒だが、それが企業になればその煩雑《はんざつ》さも増す。

茜はキリッとしたビジネススマイルで頷いた。

「もちろんお引き受けいたしますよ。ちなみに、もう物件はお決まりですか？」

「まだなんですよ。先生に相談してからと思って」

厚い信頼を寄せてもらえることは、税理士としても嬉しいものだ。

（それに、仕事をしてると落ち着くわ）

隆人と舞美の姿が視界に入らないからだろうか。

茜は今しがた提出したばかりの決算報告書の最初のページにある、法人事業概況説明書を開いた。ここには従業員の状況が書かれている。

「そうですね。今の従業員数は三十五人。それからアルバイトがふたり……当初に比べてずいぶんと増えましたね」

「目標規模にはなったんですが、バイトの席がないんです。今、この応接室で作業をしてもらっているような状況で……。さすがに申し訳なくて。これから社員も増やしたいし、今のオフィスじゃ無理かなと。先生、引っ越すなら何坪が適正ですか？」

「一般に、一名の増員に対して、二坪前後の広さがあればよいといわれています。今の人数でしたら、共有スペースも含めて、六十から七十坪が適正にはなりますね」

「今、五十坪なんです。やっぱり狭いな……」

人が多くて活気に満ちていると言えば聞こえはいいが、もともとの間取りにデッドスペースがあって、数字よりも狭く感じるらしい。

急成長中のベンチャー企業の顧問税理士としては、今は無理やりにでも机を置いて、支出を抑えたいところではあるが、オフィスが広くなれば、もっと人を雇い入れることができるという代表の考えもわかる。人が増えれば、企業としてやれることが増えるのだ。

代表の眼差しはその柔和な表情とは裏腹に、野心でギラついている。こんな人が代表だから、この会社はもっともっと大きくなるのだろう。これは顧問としても忙しくなりそうだ。だが、そこが楽しくもある。

「そうですね。企業の引っ越しというものは、そうそう頻繁《ひんぱん》に行うものではありませんから、オフィスの広さや人員増加は、今後の事業計画にも直結します。二年後までに何名まで増やしたいとお考えですか？」

将来的な構想をヒアリングして、顧客の会社を出たのが十七時過ぎ。

（ちょっと時間オーバーしたわね。微妙な時間だわ）

スマートフォンで時間を見ながら考える。事務所に着く頃には定時の十八時を迎えるだろう。残業をしてまで、今片付けねばならない仕事はない。

自己の裁量でスケジュールを調整できる立場にある茜は、事務所に電話一本入れればそのまま直帰することができる。普段なら帰ったかもしれないが、舞美にベッタリとくっつかれていた隆人のことを考えたら胸がまたモヤモヤして、自然と足が事務所のほうに向いた。

(少し雑務を片付けてから、隆人と一緒に帰ればいいか)

そしてふたりで買い物をして、隆人に料理を教えてもらおう。そんなことを考えながら電車で移動し、事務所が入っているオフィスビルに戻る。

事務所のある階にとまったエレベーターがその扉を開けたとき、茜はスマートフォン片手に持った隆人と鉢合わせする形になった。

「あら」

「よぉ」

隆人の反対の手には鞄がある。すっかり帰り支度をしている彼の後ろには、舞美がいた。

「あっ、千葉センセ。お疲れ様で〜す」

人懐っこい笑顔を見せてくる舞美にたじろぎつつも、茜はぎこちなく頷いた。

「お疲れ様……」

隆人は舞美の直属の上司だ。まだ入社して一ヶ月の彼女には、そんなに多くの仕事は割り振られていない。隆人の今日の仕事が終われば、自動的に舞美の仕事も終わる。だからふたりの退社時間が同じであってもおかしくはない。

「帰るの?」

隆人と一緒に帰ろうと思っていた茜としては、好都合だ。ファイルをデスクに置いて自分も一緒に帰ろう。そう考えて、少しの間待っていてほしいと言おうとしたところ、隆人がスマートフォンの画面を見せてきた。

「ちょうどよかった。今、おまえに連絡しようとしてたんだよ」

隆人のスマートフォンはメッセージアプリが起動しており、書きかけの本文がある。

『石川が相談があるらしいからリップスティックで話を聞いてくる。飯は食ってくるからいらないよ――』

それを見た途端、茜は〇・五ミリ程眉を動かした。

「……行くの？」

「ああ。今からな」

淡々と頷く隆人が信じられない。妻がいながら女とふたりでバーに行くなんて。

日頃の舞美の態度を見ていれば、相談なんて隆人とプライベートな時間を取るための口実だということくらい、わかりそうなものなのに！

仮に相談があることが本当でも、そんなものは業務時間内にすればいいことだ。そうしない時点で、業務には関係のない相談内容なのだと推察できる。

世の中には気のある相手に、相談を持ちかけて近づいてくる女――いわゆる相談女という女性がいるのだ。自分だけでは抱えきれずに人に相談するのは悪いことではないのだが、相談女は違う。相談という名のふたりの時間を増やして仲を深めていき、最終的には相手を奪い取ることが目的だから、相談内容が事実かどうかは重要ではないのだ。しかも、相手が彼女持ちでも既婚者でもお構いなしなところがまた厄介で。

（ミエミエの相談女に引っ掛かってんじゃないわよ、隆人のボケェ!!）

今すぐ怒鳴りつけてやりたいのを押し殺して、茜はエレベーターを降りるなり、隆人の袖を引っ張って廊下の隅に連れ込んだ。

「あなたが行くことはないでしょう!?」

舞美に聞こえないように声を潜める。

しかし、隆人は首の後ろを掻きながら、面倒くさそうにため息をついた。

「はぁ……。仕方ないだろう？　俺はあいつの上司だぞ。なんか悩みがあるなら、俺が聞いてやらないと。あいつは特にこの事務所に入ってきたばかりなんだから」

「っ！」

目の前が真っ赤になって、一瞬思考がとまる。隆人の言わんとしていることの正しさなんて、頭では理解できた。でも、それでも――隆人が、自分よりも舞美を優先した……その事実が茜の胸を軋ませるのだ。

「…………そう」

茜は踵を返すと、エレベーター横の自動販売機の陰からこちらを覗いていた舞美に対峙した。

「相談事があるなら私が聞きましょうか？　女同士ですし。私も今日の仕事は終わりましたから」

内心は苛立ちながらも、にこりと微笑んでみせる。ようは隆人と舞美をふたりっきりにさせなければいいのだ。そうすれば自分も安心できる。

だが舞美は、視線を逸らせて口の中でモゴモゴと呟いた。

「あ、あの……スミマセン……。新堂センセに……相談に、乗ってもらいたくて……」

「じゃあ、私も新堂と一緒に相談に乗るわ」

「スミマセン。千葉センセはちょっと……」

「…………」

面と向かって拒絶されて、それ以上はなにも言えなくなる。

(私のことが信用できないから、隆人だけに話したいってこと？　それとも、隆人とふたりっきりになるために私は邪魔って意味？)

「……お、お疲れ様です……」

事務所から出てきた他の事務員が、おずおずといった具合で挨拶をくれる。彼女達の視線は、舞美と茜、そして奥にいる隆人を順番に回っているのが目の動きでわかった。

「ああ、お疲れ様」

茜は愛想よく挨拶を返したが、舞美は黙ったまま。しかも彼女は、下を向いて怯えたように身を竦ませながら小さく震えているのだ。これでは茜が舞美を虐めているように見えてしまうではないか。他の事務員から、修羅場《しゅらば》を連想されたんじゃたまったもんじゃない。

(ああ～もうっ……！)

茜は小さく息を吐いた。

「……そう。わかったわ。差し出がましい真似をしてごめんなさいね。お疲れ様」

舞美にそう言って、自分の背後にいた隆人を少しだけ振り返る。

「行かないで」「こんな子、相手にしないで」「私以外の女とふたりきりにならないで」素直にそう言うことができたら、どれだけいいか。けれども茜は言えないのだ。言うわけにはいかない。

隆人が男としてではなく、上司として行動しようとしているのなら、とめるほうがおかしい。それに、隆人を信じていないことになる。

結局茜は、そのまま事務所に戻るしかできなかった。

◆　◇　◆

(なんか……茜がいつもと違ったような……)

事務所が入っているオフィスビルを出た隆人は、夜の繁華街を歩きながら茜のことを考えていた。別れ際の寂しそうな、心細そうな彼女の顔が忘れられない。らしくない表情だった。

(俺が、晩飯はいらないって言ったからか?)

最近茜は、隆人と一緒に料理をするようになった。一緒に作れば、必殺アレンジも防げるし、メシマズ料理は出てこない。が、茜ひとりで作れば、この限りではないだろう。

茜の料理を食べたくないから「晩飯はいらない」と言ったわけではないのだが……。それに、茜が己のメシマズを自覚しているとは思えない。

(ん? まさか、嫉妬……? 茜の奴、嫉妬してたのか?)

だとしたら、これは初めての嫉妬ではないのか? 結婚してから独占欲のようなものが芽生えて、友達のときにはなかった嫉妬が、クールな茜の中に生まれたのだとしたら——

「新堂センセ。どこに連れていってくれるんですか?」

隣を歩いていた舞美の声が、隆人の思考を中断させる。

しなを作って小首を傾げてくる彼女にあざとさを感じながらも、隆人は顎をしゃくって斜め前を見るように促した。

「俺の行きつけのバー」

「わ〜。行きつけのバーがあるなんて、かっこいいですね〜」

それのどこがかっこいいのか。同じ土地で長く生きていれば、行きつけの店のひとつやふたつ、誰だってできるだろうに。

本当は、勤務時間中に職場で聞きたかったのだが、「ここでは言いにくいことなんです」と彼女が言うから外で聞くことにしたのだ。

職場では言いにくいが、上司には相談したいこと……となると、人間関係絡みか。

舞美は入所してきてまだ日が浅い。顧客との接点はないから、人間関係でなにかあったなら、一〇〇%事務所内でのトラブルということになる。職場に関係することなら、上司である自分を頼ってきた舞美を無下《むげ》にすることはできない。

なにせ彼女は産休中の事務員の代打で入ってくれている。意外と戦力になっているし、今辞められたら困るのだ。来月から十二月。年末調整がはじまる。これから年末調整、確定申告、決算と修羅場が続くのに、人手不足も加わった暁には目も当てられない。それに、せっかく確保した人員だから辞められることがないようにと所長からも言われている。職場の労働環境に問題があるなら、全力で取り組まねばならない。

舞美は他の事務員ともうまくいっているように隆人の目には見えるのだが、同じく部下である奥村が、どうも彼女に想いを寄せている風でもあるし、油断はできない。

(俺の知らないところで、奥村がなんかやらかしたのか？　いや、でもなぁ……アイツ、基本的に真面目だし、そういう奴じゃないしな……)

奥村と舞美がランチに行ったのは、隆人と茜が同席した初日の一回だけだ。

奥村は、舞美にどう自分をアピールすればいいのかわからないらしく、いつも彼女の周りをウロウロするばかりで、ランチにすら誘えていない。どうやら初日は、隆人と茜がいたから「自分も一緒に」と言えただけのようだ。

「うまい店があるから一緒にどう？」と、ひと言言えばいいだけなのに、それすら言えないとは。奥手すぎるにも程がある。これからは、奥手の奥村と呼んでやろう。

隆人が知る限り、最近の舞美は、他の事務員の女性らと一緒にランチに行っている。

舞美は業務上の質問は全部隆人にしてくるし、彼女と奥村の接点は席が近いという以外にないのが現状だ。

（まぁ、相談とやらがなんのことかは聞けばわかるか。仕事に関係ない話だったらパスしよう）

仮に舞美が粉をかけてきても、隆人があしらったことなんて、リップスティックのママから茜に伝わるはず。なんて言ったって、ママのマリコは隆人と茜の婚姻届の証人だ。

舞美の相談事がなんなのかわからない以上、自分のホームで話を聞くに限る。

隆人は地下に続く雑居ビルの階段を下りて、隠れ家を思わせる古びた木製のドアを引いた。ドアに付けられた鈴がカランと鳴る。

「どうぞ」

フェミニストに徹して舞美を先に店の中に入れると、「どうも」と、舞美が上目遣いでこっちを見てくる。そのマスカラに囲まれた目元を受け流して、隆人は、いつものようにカウンター席に座った。なんとなく、普段茜が座るのとは反対隣の席に舞美を促す。

「あら、いらっしゃい。今日は珍しいお連れ様ね」

ママのマリコが奥から出てきて接客してくれる。巻いた髪をアップにして、スパンコールが輝く群青《ぐんじよう》色のドレスが艶《なま》めかしい。とても男には見えない。そんなマリコだが、今は視線が冷ややかに細まっている。まるで、「私の店で浮気しようっての？　許さないわよ」と言っているようだ。

家に帰れば、ようやく一緒になれた恋女房がいるのに、どうしてわざわざ盛りの付いたガキを相手せねばならんのか。冗談じゃない。

（今日は金曜だぞ。本音を言えば俺は今すぐ帰りたいっつーの。茜をたっぷり善《よ》がらせる貴重な週末なのに）

「職場の部下だよ。相談があるらしくて。——石川。おまえ、なにか飲む？　ここは軽食もあるぞ」

座った舞美の前にメニューを置くと、彼女はページを捲ることなく微笑んだ。

「新堂センセと同じもので」

恋愛心理のテクニックを披露されて、内心苦笑いしたくなる。

世の中には、男の言動を女が真似ると、真似られた男が女のことを好きになりやすいというデータがあるんだそうだ。自分の判断を認められたようで嬉しくなる男の心理を突いたものだが、こと隆人に限っていえばそういう小賢しい真似は逆効果だ。余計に警戒心が上がるというもの。

「そ。マリコさん。コーヒーふたつで」

迷いもなくオーダーした隆人に、舞美の目が丸くなっている。

(なんだよ。俺がアルコール度数強いやつ頼んだら飲むのかよ？　それで酔ったフリされたらこっちがたまったもんじゃねぇよ。こんな状況で、酒なんか飲ませるわけないだろ)

舞美が自分の意思でアルコールを注文するならまだしも、飲まされただのなんだの言われたら、男のほうが不利になる。まぁ、舞美が自分でアルコールを注文しても、「今日は相談があるんだろう?」と言って、ソフトドリンクに変更させるつもりだったが。なんの相談かはわからないが、シラフでお願いしたいところだ。

「さてと、じゃあ、話を聞こうか」

脱いだジャケットを隣の椅子に掛けて頬杖を突く。すると、舞美が意を決したように向き直ってきた。

「……あの、わたし……以前の職場も会計事務所だったんですけれどぉ……」

「うん」

毎度の甘ったるい喋り方ながらも、以前の職場と切り出されて、多少なりとも背筋が伸びる。やはり仕事絡みの相談なのか。前職では退職したくなる程のなにかがあって、まさか今も似たような状況にあるとか？　それで相談を？　人間関係か？　それとも労働環境？　パワハラ？　セクハラ？　それともいじめ？　頭の中には瞬時に、いろんな不安要素とその対策が浮かんでいく。隆人が促すと、舞美が話を続けてきた。

「そのときに、結構、外回りに出てたんですよねぇ～」

「ほう？」

これはアレか？　自分はもっとできるから仕事を回せというアピールなのか？

舞美は資格の取得も目指していないようだし、仕事に対して情熱や信念を持っているタイプではなく、どちらかというと、当たり障りなく業務をこなしていくタイプに見えたのだが、それは思い込みだったか。

(でもな、外回りに出すならもうちょっと服装とか話し方とか変えてもらわないとな……。前の職場ではよかったのかもしれないが、ウチではNGだ)

舞美に向上心があるのなら、隆人も上司として、彼女に振り分ける仕事内容をもっと考えなくてはならない。

ふんふんと頷きながら話を聞いていると、舞美は砂糖を入れたコーヒーをスプーンで掻き混ぜながら、困ったように目尻を下げた。

「そのときに、付き合ってた人がめちゃくちゃ嫉妬する人で～。わたしは仕事だからいろんな男の人と会ってるだけなのに、それを浮気してるみたいに言ってきて～」

（ん？　なんか話がおかしいぞ？）

そう思いながらも、「もっと仕事をしたいが、彼氏が嫉妬するから外回りはしたくない」という希望なのだろうかと当たりをつけて、舞美の話に耳を傾ける。

「結局別れたんですけど～」

（別れたんかい！）

思わず心の中で突っ込んだ。結局、舞美はなにが言いたいのだろうか。よくわからない。

隆人の眉間にわずかに皺が寄ったことに彼女は気付かなかったのか、そのまま話を続けてきた。

「でも、彼とってもしつこくて。それで職場も変えたんですけど、未だに付き纏ってくるんです。帰宅したら、家の近くにいたりして、なんか怖いし……新堂センセ、お願いです！　わたしの彼氏のフリをしてくれませんか!?」

「あ、無理。パス！」

秒で返事をしていた。

仕事の話かと思って真面目に聞いて損した気分だ。

「ええっ！　なんで助けてくれないんですかっ!?」

断られるとは思っていなかったのだろう。舞美が非難の声を上げる。しかも、その目は不貞腐れたようにこっちを睨んでくるのだ。

隆人は小さく嘆息して、コーヒーをひと息に飲み干した。

「仕事の相談なら全力でどうにかしてやろうと思うが、プライベートなことは俺に頼るな。そのストーカーじみた元彼との縁を切りたいのなら、おまえの親父さんからガツンと言ってもらうとか、いろいろ方法があるだろ」

「田舎のパパに、そんなこと頼めませんっ！」

（いやいや、娘がストーカーされてるのを、〝そんなこと〟なんて言う親はいないと思うぞ？　他人に相談するよりよっぽど親身になってくれるはずだがな？　第一、そのストーカーって本当にいるのかよ。俺にちょっかいかけるための言い訳なんじゃないのか？　ん？）

突っ込みたいのは山々だが、面倒くさいのでやめておく。

舞美が日頃からベタベタと纏わり付いてくるのも、隆人を個人的に取り込みたかったからとも取れる。少なくとも舞美の普段が普段なだけに、隆人としても身構えるのだ。

「じゃあ、わたしはどうすればいいんですか!?　本当に困ってるんですよっ!?」

プンプンと言いながらべそかきはじめた舞美を見て、どっと疲れが襲ってくる。

「そういうときはな、警察に相談すればいいぞ」

「そ、それはちょっと……」

（いや、本当に困ってるなら、警察に相談しろよ。本当に付き纏われてるんならな）

思わず胸中で毒づく。

警察が親身になってくれない、警察は信用できないということならまだしも、確たる理由もないのに、警察に相談すらせずにいるというのも解せない。警察に相談できない理由でもあるのかと、ますます穿った見方をしてしまう。

（あー。これ、ストーカーとか嘘だろ）

確信した隆人は、隣の席においていたジャケットから財布を出して、ふたり分のコーヒー代をマリコに支払った。

「相談する相手が悪かったな。俺は知っての通り既婚者だ。女房にも周りの人間にも、誤解を招くような真似はしないし、するべきではないと思っている。そもそも、俺に彼氏のフリを頼もうと思うのなら、俺の女房にもおまえが筋を通すべきだった。それをしなかった時点で論外だ。悪いが他を当たってくれ」

本当に切羽詰まった状態なら、茜が自分も同席しようかと言った時点で、舞美は頷くべきだったのだ。それをせず、彼女は逆に茜を排除した。しかも、茜に隠して、茜の夫である隆人に自分の彼氏のフリをさせようとしたのだ。茜がそれを知ったらなんと言うか。隆人と茜の夫婦間に溝を開ける行為だとは思わなかったのだろうか。

人助けをして、浮気してるのかと茜に誤解されたら目も当てられない。そんな話には乗れない。たとえ、本当に舞美が困っていたとしても、だ。

「新堂センセは、結婚してるから助けてくれないんですか？」

「そうだよ」

「なにそれ。冷たいっ！」

「今頃気付いたのか？　興味もない女に優しくするほど、俺は甘くはないね」

適当に言いながら、内心舌を出す。

（結婚してなくても、俺が動く女はひとりだけだっつーの）

マリコから釣り銭を受け取った隆人は、財布をしまって代わりに自分のスマートフォンを出した。そして、そのまま電話をかける。

「――あ、もしもし、奥村？　仕事終わった？　あっそう。じゃあ、今から言うバーに来てくれないか？　石川の相談に乗ってやってほしいんだけど」

横から向けられる、舞美のベタついた視線が痛い。これは、男が自分の思い通りにならなかったときの、不機嫌な女の視線だ。

隆人が電話を切ったところで、慌ただしくリップスティックのドアが開いた。

「新堂先生！　い、石川さんっ！」

息を切らせた奥村が店内に駆け込んでくる。オリンピック選手も顔負けの秒速だ。

「おー。早かったなぁ、奥村」

「ち、近くにいたので！」

そうは言うものの、乱れた髪と汗の浮かんだ額から、全速力で走ってきたことは想像に易い。それは、隆人が電話で舞美の名前を出したからに他ならないだろう。奥村の視線は舞美に向いたままだ。

（健気な奴。そんなに石川が好きか）

隆人は、席を立ってジャケットを羽織った。

「奥村。実は石川が元彼にストーカーされてるんだと」

「ええっ⁉」

「家で待ち伏せしてたりするらしい。怖いだろ？」

「な、なんですかソレ⁉　怖いなんてものじゃないですよ！　石川さん僕にできることがあったら遠慮なく言って！　なんでもするから！」

奥村の反応が面白いくらいに素直でよろしい。愚直とも言えるその素直さは、同じ男として少々不安にもなるが、悪い男でないことは確かだ。

舞美は相当癖のある女だが、この可愛い後輩のために、ひと肌脱ぐのも悪くない。

（石川が奥村をどう思うかはわからんが、案外うまくいくかもしれんしな……）

隆人は奥村の肩を叩いて、自分が座っていた席に座らせた。

「なぁ、石川。おまえのためにこうして走って駆けつけてくれて、しかもなんでもすると言ってくれる男がいるんだ。自分を大事にしてくれる男を頼りにするのも悪くないと思うぞ？　少なくとも、俺をあてにするよりはな。悪いが俺は奥村ほど、おまえに一生懸命にはなれないし、今後なるつもりもない。ま、業務上なんかあったときは俺に言ってくれ。そのときは善処する」

「………」

ゆったりとした口調ながらも、ちょっかいかけてくるのもいい加減にしろ、という意味も込めて、正面から見据えて言う。

舞美がじっとりとした目で見てくるが、やがてその視線が奥村に向かう。顔を真っ赤にしている奥村を見た彼女は、小さく息を吐いた。

「……わかりました。奥村さんに聞いてもらいま～す」

「おう。そうしろ、そうしろ。――奥村。あとは頼んだ。長引くようだったらちゃんと警察に連絡しろよ」

「はいっ！　任せてくださいっ！」

奥村が実に張り切った調子で強く頷く。その声に少し笑って、隆人はひとりで店を出た。

十一月の夜風が少し肌寒い。けれども心はどこかワクワクしている。

（さてと。帰ろ。茜の奴、嫉妬してたのかなぁ？　たぶんそうだろうな～。あんな反応、初めてだもんなぁ～。なんだよもー。可愛い奴！）

顔がニヤける。早く帰って、茜を安心させてやりたい。

駅に向かいながら隆人は、いつの間にか走り出していた。

◆　◇　◆

ドアノブから手を離せば、バタンと無機質な音を立てて玄関が閉まる。

電気をつけながらリビングに入った茜は、ソファに鞄をドサリと置いた。

それほど広いリビングでもなかったはずなのに、ひとりぼっちでいると、普段より広く感じる。ひとり暮らしの頃には感じなかった寂しさが胸をそっと撫でた。

「はぁ……」

思わずついたため息が、やたらと大きく部屋に響く。茜はジャケットを脱ぐと、バスルームに入って湯張りボタンを押した。

お風呂が沸くまでに、帰り道に寄ったコンビニで買ったサラダを食べる。茜ひとりの夕飯なんてこんなものだ。隆人が食べてくれないなら、別に好きでもない料理をする理由なんかない。

今頃、隆人は舞美と一緒になにか食べているのだろう。そう思うと、食欲が失せる。

結局、舞美の相談はなんだったのだろう？　自分には聞かれたくないことというだけで、茜はいやな予感しかしない。もちろん、業務上でなにかあったのなら無事に解決できるよう、隆人と一緒に協力するつもりだった。

しかし、普段から隆人にベッタリな舞美の様子を思えば、彼女の相談内容がプライベートなことであっても不思議ではない。茜はそれがいやなのだ。仕事中にふたりが一緒にいるのを見るのも本当はいやなのに、プライベートまで……

仕事が終われば、いつも茜と隆人のふたりの時間だった。それが少し奪われただけで、不快感を覚えてしまう。

結婚する前、隆人に彼女がいたときは、仕方がないと諦めてきた。あのときは自分の気持ちを押し殺してでも笑うことができていたのに、今はそれができない。明らかに結婚前よりも彼のことが好きになっている自分がいる。

隆人が一分でも一秒でも、自分の側を離れることが耐えられない。しかも、他の女とふたりきりなんて――この気持ちを独占欲と言わずに、なんと言うのだろう？

（こんな気持ちになるのは私だけなの？　逆の立場になったとき、隆人は平気なの？

――平気なんでしょうね……）

やはり、好きなのは自分だけなのかと気持ちが沈んでいく。隆人にとって茜との結婚は、妥協なのだろう。幼なじみとしての長年の実績があるから結婚しただけであって、隆人には必ず茜でないと駄目な理由なんてない。

恋愛なんて、好きになったほうが負けだとよく言うけれど、その意味がやっとわかった気がする。

好きになりすぎて、自分から身動きが取れなくなるのだ。今の茜のように……

恋愛弱者になってしまえば、もう振り回される一方。それに耐えるしかないのは、ひたすらに隆人のことが好きだからに他ならない。

今夜、隆人の帰りはきっと遅いのだろう。何時に帰ってくるのだろうか？　そんなことを考える傍らで、バスルームから湯張り完了のメロディが流れた。

食べ終わったサラダの容器を片付けて、茜はバスルームに向かった。

結っていた髪を下ろして裸になり、シャワーを浴びる。

軽く身体を洗って湯船に浸かった茜は、抱えた両膝に額を押し付けるようにきゅっと丸くなった。

（……寂しい……）

ただこの部屋にひとりなだけなのに、まるで世界でたったひとりになってしまったかのような、そんな寂しさがある。

（隆人……隆人、早く帰ってきてよ……ばか……なんであんなにモテるのよ……早くハゲちゃえ……そしてモテなくなっちゃえ）

そうすれば、隆人の側にいるのは自分だけになる。

隆人がどんなに年を取っても、体型が変わっても、髪のいじりすぎでバーコードハゲになったって、ずっと好きでいる自信があるのに、その隆人にずっと好きでいてもらえる自信はない。それどころか、今想われている自信さえもないのだ。

「はぁ……」

うな垂れた茜が小さく息を吐いたそのとき――いきなりバスルームのドアがバンッ！と開いた。

「ただいま！」

「きゃぁぁあ!?」

無防備でいるところにいきなりドアを開けられて、思わず胸を覆って悲鳴を上げる。誰かと思って見ると、そこにはまだ帰ってくるはずのない隆人の姿があった。

「んな、驚かなくったっていいだろ？」

悲鳴を上げた茜に呆れた視線を向けながら、隆人はジャケットを脱いでいる。

(えっ？　えっ？　なんで？　どうしてもう帰って――)

彼は舞美の相談を聞きに行ったのではなかったのか？　茜が帰宅した時間からまだ三十分も経っていない。もちろん、早く帰ってきてくれたのは嬉しいのだけれど。

茜が目を丸くしていると、隆人はネクタイをひと息で外し、そしてなんと、そのままシャツを脱ぎはじめたのだ。

「ちょ、なにして――」

「いや、俺も一緒に入ろうと思って」

「ええっ⁉」

今まで、隆人と一緒にお風呂に入ったことなんかない。

既に肌を合わせた仲でも、お風呂となるとまた違う恥ずかしさがあるのだ。隆人が何度か「一緒に入るか？」と聞いてきたことがあったけれど、全部阻止してきたくらいなのに！

ここから逃げ出したくても、裸でタオルすら持っていない茜は湯船から出るに出られない。それをいいことに、隆人は茜の目の前でベルトを外そうとするのだ。

「っ‼」

茜は思わず彼に背中を向けた。

（ええっ～！　なんで、なんで、なんで⁉）

衣擦れの音が心臓のドキドキを加速させる。

茜の心の準備ができるより先に、隆人がバスルームに入ってきた気配がした。

カチャッと小さな音を立てて、バスルームのドアが閉まる。それからすぐに、シャワーが流れはじめた。彼は髪を洗っているのだろう、嗅ぎ慣れたシャンプーの匂いがバスルームに広がる。

（ど、どどどどうしよう？　今のうちに上がっちゃう？）

しかし、茜は身体こそ洗ったが、まだ髪を洗っていない。隆人に背中を向けたまま身動きできないでいる間に、シャワーの音がとまった。

湯船の中にザバンと隆人が入ってくる。それでも彼の裸体を視界に入れる勇気はない。

広々とした浴槽だが、隆人が脚を伸ばせば、茜は自然と彼の脚の間に座ることになった。

「…………よかったの？　その、石川さんの相談は」

隆人の早い帰宅は予想外だ。茜は自分の願いが叶ったのに、素直に喜ぶこともできずに、ただそっぽを向く。茜のツンツンとした態度を怒ることもなく、隆人は頷いた。

「ああ。一応、ちゃんと聞いてきたよ。元彼に付き纏われて困ってるから、彼氏のフリをしてくれってことだった」

「は？　なにそれ……」

隆人はサラッと言うが、茜にとっては青天《せいてん》の霹靂《へきれき》だ。

人の夫になんてことを頼んでくるのかと、腹の奥からムカムカしてくる。まるっきり、相談女のやり口そのものではないか。だいたい、その付き纏ってくるという元彼は本当にいるのだろうか？　本当にいて彼女が大変な目に遭《あ》っているのなら、上司に相談するよりも先に、警察に相談すべき案件だと思うのだが？

「引き受けたの？」

聞き返す自分の声がいつもと違う。イライラしているのがうまく隠せない。隠す余裕がないのだ。ここで隆人が「引き受けた」なんて言った暁には、怒りが爆発しそうだ。隆人は悪くないのに。

（でも、隆人ってば結構面倒見がいいほうだし、今日も石川さんの相談を聞きに行っちゃったし……もしかすると……）

不安が募る。

今にもその不安を口にしてしまいそうになって、茜はギュッと唇を噛んだ。

（こんなことになるのなら、『行かないで』って最初に言えばよかった……）

事務所のエレベーターで鉢合わせしたとき、これから舞美の相談を聞きに行くと言った隆人に、「やめて」と、「他の女とふたりきりにならないで」と言えばよかった。あのとき、自分の思いを口にしなかったがために、事態はより悪くなっている。でも、言えなかったのだ。言うこと自体が間違っているとも思った。隆人を信じているなら尚更——

（ああ……なんてわかりやすい嫉妬してるの……私……）

煮え切らない自分に、自分で呆れる。情けない。

恋なんてものは、つまるところ自分との戦いなのかもしれない。自分で自分をどこまで律せるかの戦い。信じているなら、堂々としていればいい。けれども、それができない。隆人を信じていないわけではないけれど、愛されている自覚がないから、不安になるのだ。

こんな醜い嫉妬をするのも、全ては茜が弱いから。

茜が自己嫌悪に陥っていると、背後の隆人が徐に口を開いた。

「いや、断ったよ」

（!!）

パッと隆人を振り返る。彼は湯船に肩まで浸かって目を閉じると、「はぁ〜」とリラックスした息を吐いた。

「冗談じゃねぇよ。なにが彼氏のフリだ。事務所でなんかあったのかと思って真面目に聞いて損したわ。さっさと奥村に丸投げしてきた。まぁ、奥村は石川のこと好きそうだし？石川が奥村をどう思うかは知らんが、奥手な奥村が自分をアピールするいい機会にもなるだろ。これを機に、事務所で俺にちょっかいかけてくるのもやめてほしいものだな」

隆人は、「ガチのストーカーなら危ないから、ちゃんと警察に相談するようにも言ったけど、あの感じだとたぶん違うだろうなぁ」と言いながら、片目を開けて茜を見てきた。

「なに？　心配したのか？」

からかうような口調で言われて、プイッと前を向く。素直に「うん」とは言えない癖に、それでも言いようもなく安堵した。

（……よかった……）

隆人はただ、上司として舞美の相談を聞きに行っただけなのだ。

一見、隆人の対応は冷たいように見えるが、そうじゃない。もしも舞美が、事務所での人間関係にトラブルを抱えていたり、業務上のなにか困ったことがあって、それを相談してきたなら、隆人は上司として、きちんと相談に乗って対処しただろう。彼は仕事とプライベートを、きっちりとわけているだけなのだ。茜との家庭に、舞美のプライベートを持ち込まない——それは、隆人が茜との生活を優先したことに他ならないだろう。

　隆人が自分のところに帰ってきてくれた。それだけのことなのに、ちょっぴり目尻に涙が浮かぶ。

　不安だったのだ。

　隆人が舞美の相談に乗るうちに、彼女とプライベートでも親しくなって、茜と隆人だけの時間がじわじわと彼女《まいみ》に侵食されやしないかと。

（よかった……本当によかった……）

　茜が内心、胸を撫で下ろしていると、突然、背後から隆人に抱きしめられた。

「他の女の彼氏のフリとか引き受けるわけないだろ。俺には茜がいるのに」

　耳に直接息を吹きかけるように囁かれて、ゾクゾクする。隆人の重低音は毒だ。お腹の奥にズクンと刺さる。しかも、ぎゅっと抱きしめられるものだから、肌が直接触れ合って恥ずかしい。心臓がけたたましく音を打ち鳴らす。

　藻掻いて、隆人の腕の中から逃れようとしたけれど、本心はこうやって抱きしめられることが嬉しいものだから、結果は軽く身じろぎしただけ。抵抗にもなりはしない。

そんな茜を抱きしめる隆人は、囁きながら右手で乳房を揉んできた。

「茜。晩飯は食べたか?」

湯に浮かんだ乳房を、下から揉み上げるように指を食い込ませてくる。少し強めに揉まれて、子宮が疼いた。それがわかっているのか、隆人は耳の縁を唇でなぞりながら、円を描くように乳房を揉み込んでくる。それは、ベッドでされるのと同じ愛撫だ。

「……サラダ、食べた……」

カタコトでようやくそれだけを言う。親指と人差し指で乳首をクリクリと摘まれるのが、無性に気持ちいい。

背中が隆人の胸にぴったりと触れ合っている中で、腰に彼の硬い張りを感じて、茜の体温は急上昇した。一瞬でお湯の温度を越えたように思う。

「なんだ。それだけかよ」

(あ、……あぁ……んんん……)

声が漏れそうになって、思わず唇を噛む。

人差し指の腹でくいくいと押し上げられた乳首が、今度は乳房に押し込まれる。でも硬く尖った乳首はまたすぐにぷっくりと立ち上がり、隆人の指先で嬲《なぶ》られる。

彼は茜の乳房を我が物顔で弄びながら、「実は俺、なにも食べてないんだよね。コーヒー飲んだだけ」と言った。

「え、そうなの？」

隆人が舞美の話を聞いた時間は、本当に短いものだったのだろう。すぐに話を切り上げて帰ってきてくれたことが嬉しい。隆人が食べてくれるのなら、今からでも料理をしようという気力が湧いてくるというもの。

「じゃあ、な、なにか食べる？　私、作るよ？」

最近は隆人に教えてもらっているから、きっと前より上達したはず。アレンジを加えてとっておきの一品を作りたい。大好きな隆人のために。

そんな思いで振り返ると、一瞬で唇が奪われた。

何度目かの見つめたまますするキスに、先に屈したのは茜のほう。舌が入ってくるのと同時に、目を閉じた。

隆人は茜の乳房を揉みしだきながら、舌を甘噛みして吸ってくる。気持ちのいいキスだ。

隆人が帰ってきてくれたことに安心したこともあって、身体が蕩けていく。

舌を抜くときのくちゅりとした濡れ音が、セックスを連想させる。

隆人は唇を触れ合わせたまま、甘く囁いてきた。

「茜を食べたい」

だめだ。もうゾクゾクする。

隆人は乳房を揉んでいた手を離して、茜の腰を摑んで身体ごと自分のほうを向かせると、そのままぱくっと乳首を咥えてきた。

「んっ！」

じゅっと吸い上げられて、思わず身体が反り返る。でもその動きは、かえって隆人に乳首を吸わせやすくしたらしい。彼は乳房にかぶり付くようにして、舌で扱きながら吸い上げてきた。しかも、じっと茜を見上げてくるのだ。反対の乳房を揉み、その膨らみに顔を擦り付けたりしながら、好きにしゃぶってくる。

浴槽の中では動きも制限されているから、茜はされるがままだ。もう頭がクラクラしてきた。身体が火照って熱い。湯あたりでもしたみたいだ。でもこれは違う。湯あたりなんかじゃない。

「ん……は……はぁはぁはぁ……っあ……」

見つめられて恥ずかしいのに、目が逸らせない。いろんな角度から乳首が舐め回される度に、反対の乳房を優しく揉まれて熱い吐息が漏れる。

ここはバスルームなのに、ベッドでするようなことをされて、身体が内側から熱くなっていく。そのとき、乳房を揉んでいた隆人がその手を滑らせた。肋骨、腰、お尻と滑らかに触りながら、今度は太腿の内側から徐々に上がってくる。そして、隆人の指先が茜の秘裂をゆっくりと撫で上げた。

「ああ……ぬるぬる」

乳首を吸いながら囁いた隆人が、茜を見つめてニヤリと笑う。

いつの間にこんなに濡れていたんだろう？　茜のそこはお湯とは明らかに違うとろみを帯びている。場違いにもこんなに濡れている自分が恥ずかしくて、お湯の中で隆人の手を押さえたけれど、彼の長い指は花弁を左右に掻き分け、茜の入り口をツンツンと優しく触ってきた。それだけでまた濡れてしまう。

「だ、だめ……お湯が、入っちゃうから……」

茜がやっとの思いでそう言うと、隆人は乳首を離して脚の間から手を抜いた。

吸われすぎて真っ赤になった乳首は、ぷっくりと膨らんでジンジンしている。まだ隆人にしゃぶられているみたいだ。そして、あそこも……。本当はもっと触ってほしかったと言わんばかりに、ヒクヒクしている。

茜は自分の身体を抱きしめて、押し殺すように息を吐いた。

「っ……はぁぅ――……」

身体が熱い。自分でもどうにもならないくらいに熱い。もう、火のついた女の身体に振り回されそうだ。

隆人に抱かれたい。隆人のあの逞しい漲りに貫かれたくてしょうがない。

俯いて、自分の中の劣情と戦っていると、隆人が両手で腰を摑んできた。そして、そのままその場に立たされる。

「た、隆人？」

隆人の意図がわからない。胸を覆ったまま彼を見つめる。隆人は、茜の足元に膝を突いて座った。そうすると、隆人の顔が、茜の無防備な下肢の前に来ることになって——

「ゃあ！」

驚いて咄嗟に脚を寄せ、手でも覆い隠す。でもそうしたら、今度は胸が丸見えになる。結局茜は、左手で胸を覆って、右手で脚の間を覆ったのだが、隆人は笑うばかり。

(なんで笑うのっ⁉)

「もう！　上がるっ！」

恥ずかしさも限界になった茜は、逃げようとした。が、一瞬で隆人に脚を摑まれてしまった。

「まだいいだろ？　茜を食べたいんだよ」

「……じゃあ、ベッドでいいじゃない」

やっとそう言って抗議したのだが、隆人は聞きやしない。茜の太腿の内側にキスをしてきたかと思えば、今度は唇で軽く肌を挟んで、ちゅっと吸い上げてくる。そして、赤く跡《あと》の付いたそこをれろーっと舐めてきた。

「駄目。今、ここで食べたい」

「〜〜〜っ!!」

無駄にフェロモンたっぷりの流し目で見つめられて、あてられたように顔が火照る。

隆人はずるい。自分の武器をよくわかって効率的に使ってくる。

好きな男にあんなことを言われたら、女はどうやって抗えばいいのだろう？　答えは、できない、だ。彼の言うままに、心も身体も貪られてしまうしかない。

隆人は立ち尽くした茜の脚を左右に広げると、茜が必死に隠そうとしたそこに顔を埋めて、舌を伸ばしてきた。

「っ！」

舌先で花弁を割り広げ、暴かれた蕾に吸い付かれる。逃げようにも逃げられない。隆人の両手がしっかりと茜の脚に巻きついている。

そうして彼は、絶妙な力加減で蕾を吸いながら、れろれろとそこを舐め回すのだ。

（やだ……どうしよう……気持ちいい……）

ギュッと目を瞑り、声が漏れそうになる口を両手で押さえて、必死に堪える。

湯船の中で隆人に、あそこを舐められてしまうなんて……想像すらしていなかった。

うっすらと目を開けて見ると、隆人は茜の脚の間に顔を埋めて、舌を伸ばし、犬のようにあそこを舐めている。鼻の頭で蕾をぐいぐいと押し上げながら、濡れた割れ目に沿って舌を動かす――

ぴちゃり、ぴちゃり、にち……くちゃぁ……

いやらしい音を立てながら、目を閉じた隆人が懸命に自分のあそこを舐めているのだ。その姿はまるで、茜から滴ってくる愛液を飲もうとしているようでもある。しかも、茜が立っているのに対して、隆人は跪《ひざまず》いているから、まるで隆人に性的な奉仕をさせているように錯覚してしまう。変な気分だ。恥ずかしいことをされているのは、茜のほうなのに。いいいさせている気分になるなんて。

（あ……、隆人……もう、あんなになってる……）

湯船の中で跪く隆人の漲りは、パンパンに反り返り、赤黒い血管を浮かせている。濡れた茜の中に、今すぐにでも挿れることもできるだろうに、彼はそうしない。茜をたっぷりと感じさせようとしてくれている。ご飯も食べずに急いで帰ってきて、今こうして、一心不乱に茜のあそこを舐めている――そのことに言いようもなく子宮がきゅんと疼くのだ。

（隆人……可愛い……）

気が付くと茜は、隆人の頭を撫でていた。湿気でしとった髪に指を滑らせ、前髪を上げる。すると、隆人の目がうっすらと開く。その艶やかな眼差しに見つめられた途端、茜の中でなにかが甘く弾けた。

「はぁ……ぁう……んっ……」

蕾をちゅっと吸い上げられて、意図せず声が漏れる。隆人はますます目を細めると、あそこに顔を擦り付けるようにしてきた。蕾が刺激されるのと、恥ずかしい処を隆人が貪っている姿を見る視覚的な興奮で、心臓がもう壊れてしまいそうだ。

「あぁ……………た、かと……そんな、なめちゃ……」

隆人の髪に右手の指を差し込み、左手で自分の口を押さえる。彼は花弁に唇を押し付け、まるで唇にキスをするのと同じように中に舌を挿れてきた。

「あぁ………」

気持ちいい。隆人の舌が身体の中に入ってきて、茜の全てを暴く。こんなにされたら、気持ちよすぎて腰がガクガクしてしまう。

茜がもう、立っていられなくなったとき、隆人はあそこから舌を引き抜くと、代わりに指を使って、茜の花弁を左右に割り広げ中を覗き込んできたのだ。

「や、やだぁ……見ないで……」

突然の恥辱に顔から湯気が出る。立ったままあそこを舐められるだけでも恥ずかしいのに、そんな処まで見ないでほしい。

隆人は中指を蜜口に挿れて抜き差ししながら、茜の身体を奥までこじ開け、興奮した息を吐いた。

「茜の中、ぐちょぐちょ。ヒクヒクしてる。やらしいな。ああ……垂れてきた」

「やだぁ……」

恥ずかしい。恥ずかしい。恥ずかしい！

でも茜は、バスルームの壁に背中を預けたまま動けないのだ。

見られていることさえにも身体が感じてしまい、脚を閉じられない。

恥ずかしいのに、また濡れた。

「ああ、もう、我慢できなくなってきた。挿れたい」

ザンッと湯から立ち上がった隆人が、腰を摑んで茜を壁側に向かせたのはほんの一瞬の出来事。隆人は壁に両手を突いた茜の背中を押さえて、お尻を突き出させた。

後ろからなんて、あそこが丸見えだ。こんな格好……ベッドでもしたことないのに。自然と身体が熱くなる。

お尻に熱い物を押し充てられて、茜は小さく息を呑んだ。

「茜、このままいいか？」

脚の間を隆人の漲りがぬるぬると滑る。立ったまま後ろからするつもりなのだろうか？茜はそんなセックスは知らない。緊張するし、ドキドキする。けれど、肉の凹みにくぷっと鈴口が嵌まったとき、茜の胸は違う意味で高鳴った。

今すぐ隆人が欲しい。隆人と繫がりたい——その思いは、茜を小さく頷かせる。

どんな体位でも、相手が隆人ならそれでいい。隆人と繫がれるなら……

「挿れるよ」

囁いた隆人が、腰を進めてずぶずぶと音を立てながら中に入ってきた。

「んっく……ぁはあぁ……」

茜は壁に縋ったまま、首を反らせて呻いた。

舐められただけで、解されていない媚肉が、張り出した雁首で強く擦られる。肉欲のままに挿れられたというのに、滴る程たっぷりと濡れていたせいで、引っ掛かりもなく、奥までずっぽりと入ってしまった。

「ああ……熱っ……気持ちいい……」

いきなり動かしたりはせず、根元まで挿れた状態で、隆人が独り言ちる。それはとても小さな声だったのだが、反響して茜の耳に届いた。ここがバスルームでなかったら、聞こえなかったかもしれない。

茜はきゅっと唇を噛んだ。

（……隆人……気持ちいいんだ……）

嬉しい……。隆人がこの身体で気持ちよくなってくれていることが、どうしようもなく嬉しい。今、自分の中に彼がいるのだということを改めて実感する。

隆人は感嘆のまじった息を吐くと、茜の背中に覆い被さってきた。

「茜……茜……」

両手で乳房を揉みながら背中に頬擦りされる。後ろから聞こえてくる隆人の声が、いつも以上に甘い。肩甲骨のラインに沿って舐められたら、全身がゾクゾクする。息を漏らすように喘いだのと同時に、隆人の物を咥え込まされた蜜口が、ヒクヒクと蠢いた。

「っあ……茜、動くぞ」

「ん、んっ……」

乳房を弄びながら、隆人はゆったりと腰を打ちつけてくる。

ぱちゅんぱちゅん、ぱちゅんぱちゅん――反り返った肉の棒を、根元まで確実に挿れられる。張り出した雁首の鰓《えら》の部分で、奥から手前までを万遍なく引っ掻かれるときの快感は、言葉にできない。隆人の一番太い処が、茜の気持ちいい処に当たるのだ。

隆人はギリギリまで引き抜くと、今度は絡みつく肉襞を掻き分け、愛液の中をずぶずぶ埋没し、根元まで挿れて奥の子宮口をしっかりと突き上げてくる。その瞬間、茜の足は浮き上がりそうになるし、なにより隆人の大きな物をおもいきり挿れられ、圧で息を吐くことしかできない。

「あぁ……はぁあぁ……んっく……はあぅ、あぁぁ……はぁあぁぁ……」

温度の高い息を吐きながら、目の前の壁に縋った。気持ちよすぎて、頭がクラクラする。湿度が纏わり付いて身体が重い。肌は汗ばんで、視界も朧気だ。でも気持ちいい。

おもいっきり引き伸ばされた蜜口からは、隆人の物が出し挿れされる度に、愛液が滴っていく。突き出したお尻や太腿の内側がべちゃべちゃだ。

茜の吐息と、濡れた肉を打ちつける音が響くバスルームに、隆人の生唾を呑む音は殊更大きく響いた。

「なんだ、これ……いつもより締まる……っく――！」

低く呻いた彼は茜の腰を両手で摑むと、腰の動きを速めてきた。

「ああっ!!」

パンパンパンパンパンパンパン――！

叩きつけるような荒々しい抽送に、仰け反って嬌声を上げる。そんな茜の口は、隆人の手によって一瞬で塞がれた。

彼は茜の中に深く入り、鈴口を子宮口にぐりぐりと擦り付けながら、耳元で囁いてきた。

「茜、風呂場だからな。声は駄目だ。外まで聞こえる」

このマンションは、バスルームが共用廊下に面する造りだ。つまり、一枚壁の向こう側はすぐ共用廊下。こんなところであられもない声を上げたら、ご近所中から「お盛んね」と苦笑いされてしまう。

(でも、気持ちいいの……)

頭ではわかっているけれど、隆人に奥を突いてもらうのが気持ちよくて、自分でも我慢できないくらい声が出てしまう。今、こうやって奥を擦られているだけでも気持ちいいのに……。突き上げられたら、我慢なんかできるわけがない。茜の意思なんて関係なく、蜜口がヒクつくのだ。口を塞がれた茜が助けを求めるように、隆人のほうを振り向くと、彼は顔を寄せて頬にキスしてくれた。

「茜の声を他の奴に聞かせたくないんだ。わかるだろ？」

そう囁きながら、隆人が唇を触ってくる。彼は茜の口をこじ開けると、口内に人差し指と中指を挿れてきた。

「ぁ……ふぁ……ひゃあとぉ………」

舌の腹を擦るように指を舐めさせられる。

どうしてだろう？　隆人の指を舐めていると、変な気分になってくる。上からも下からも自分の中に隆人が入ってくることに、茜の中の女が感じてしまっているのだ。

口蓋をぞろりと撫でられて、同時に奥を突かれたら、生理的な涙が滲んでくる。

隆人の指を咥えたまま熱い息を吐くと、彼が耳元に顔を寄せて囁いてきた。

「茜、今日すごい締まる。いつもと場所が違うから、興奮してるのか？」

塞がれた口では答えようもない。突き上げられながら、茜は隆人の髪をそっと撫でた。

隆人には、きっとわからないだろう。

茜はただ興奮してるわけじゃない。隆人を離したくないのだ。誰にもやりたくない。好きで、好きで、どう言っていいのかもわからないくらい好き。なのに、長いこと自分の気持ちを誤魔化してきたから、今更うまく言葉になんかできない。

（隆人……どこもいかないで……ほかの女《ひと》のとこ、いかないで……お願いよ……）

もう、隆人を諦められない。

この人が他の女を愛するところなんか見たくない。耐えられない。

身体は心より正直だ。隆人の帰趨《きすう》が自分である確信がないから、身体が自分に繫ぎとめるように、彼を締めつける。

「っ！」

低く呻いた隆人が、茜の口を塞いだまま、反対の手を身体に巻きつかせ、背中にのし掛かりながら首筋を噛んできた。

愛咬《あいこう》の痛みにさえ身体は敏感に反応して、媚肉を蠕動させる。

吸い上げるように、奥に奥に隆人を引き込むように、扱いてうねって、絡みつく。

息を呑んだ隆人の抽送が今までとは段違いに速くなって、茜の中を深く突き刺す。

身体の繫がりが深くなる毎に、茜の締めつけは増した。

「くぁ……っ！」

隆人の呻き声と共に、奥処に射液が浴びせられる。

バスルームの壁に縋り付いたまま、茜は小さく息をついた。肩口に隆人の額が押し当てられる。彼は茜の口の中から指を引き抜くと、繫がったまま身体を抱きしめてきた。

「……なんだこれ、絞り取られた気分だ……」

ボソボソと口の中で呟く隆人は、あの射精は不本意だったと言わんばかりだ。

茜は不安になって小さく彼を振り返った。

「気持ちよくなかったの？」

「……逆。気持ちよすぎ。なんか負けた気分だ」

チュッと頬にキスしながら、隆人が漲りを引き抜く。いつもは垂れてくる射液が垂れてこない。子宮がすべて飲み尽くしたみたいだ。でも負けた気分とは、なにに対してだろう？

きょとんとして首を傾げると、隆人が「……ああ……くそっ」と小さく呟く。

彼は茜を腕に抱いて、何度も何度も唇にキスしてきた。目を開けてキスすることが多い隆人だけど、今回は目を閉じている。茜のほうが開けているから、彼の頬が赤いのもよく見えた。情事のあとのキスは執拗で、どこか照れ隠しのようでもある。

（隆人、可愛い）

キスに応じながら、茜は愛おしい男を抱きしめた。

こうしているだけで幸せだ。彼が自分の側にいることを、目でも肌でも実感できる。

キスしたまま茜が微笑むと、隆人がゆっくりと唇を離した。

「笑うなよ」

不貞腐れた顔をする隆人に、「可愛いなぁと思って」と言ってまた笑う。

今日は素直に言葉が出た。今まで、隆人のことをかっこいいとは思っていたけれど、

〝可愛い〟と思うようになったのは、結婚してからかもしれない。

ガリガリと頭を掻いた隆人は、湯船から出た。

「俺が飯作っとくよ。茜も食べるだろう？」

「私が作るよ？」

せっかく隆人が早く帰ってきてくれたのだから、腕を振るいたい。そんな思いで言ったのだが、隆人はシャワーを浴びながら首を横に振った。

「バスルーム《こんなところ》で無理させたからな。茜はゆっくりしてな」

そう言ってバスルームを出る隆人を見送って、茜は湯船の中に身体を沈めた。ぬるくなったお湯が火照った身体に気持ちいい。

（……お風呂で致してしまうなんて……恥ずかしい……でも気持ちよかった……）

声がご近所に聞こえてないといいのだが……今更恥ずかしくなって、両手で顔を覆う。

（ああっ、もう、もう～～～っ）

自分の中にあるこの喜びを言語化できない。

身体中が満たされるのと同時に、心まで満たされているのがわかる。

今日、この身体を抱いたとき、隆人がいつも以上に興奮していたのは明らかだ。場所がバスルームというせいもあったかもしれないが、この身体に夢中になってくれていたように思う。それが嬉しいのだ。

もっともっと夢中になってほしい。他の女を見る気もなくなるくらいに、もっと……

(隆人……好き……。私に飽きないで……)

しかし、どんな女と付き合っても、三ヶ月目には必ず別れていた隆人である。

一緒に暮らしはじめた九月から、今月がちょうど三ヶ月目。魔の三ヶ月目がはじまっている。

今日、ちょっと隆人を悦ばせることができたからといって油断してはならない。これから先も彼と一緒にいたいと思うのなら、相応の努力をしなければならないはずだ。

料理で胃袋を摑む作戦は、自分で言うのも辛いが失敗している。ならば別のところで、隆人の心をガッチリしっかりと摑むのだ。これしかない。

(今よりも、もっともっと、隆人を私に夢中にさせなきゃ！)

そうして魔の三ヶ月目を無事に乗り切るのだ。

茜は湯船の中でギュッと拳を握った。

第四章　誘惑バトル

寝室でメイクをしながら、茜はひとりで悩んでいた。

今日は月曜日。新しい週のはじまりだ。舞美に呼び出された金曜の夜から、土、日と隆人は茜を離さなかったが、これは毎週のこと。だが、女関係が長続きしない隆人だ。これがいつまで続くかはわからない。

手料理で隆人の胃袋を摑む作戦が失敗している以上、次の作戦を立てる必要がある。しかも、早急に。

(——とはいうものの……どうしたらいいのかしら……)

効果的な作戦がまったく思いつかない。

付き合った男はいても、その人のために一生懸命になれるほどの愛情はなかったから、どういうことを男が喜ぶのか、皆目見当がつかないのだ。こんなとき、普通の人ならば、友達に相談するのかもしれないが、残念な事に茜に女友達は皆無。唯一の友達が、夫である隆人なのだ。昔から、困ったことや相談事は隆人にしていたけれど、今回ばかりは彼に相談するわけにもいかない。

（……いい年して、友達がいなくて困るとは思わなかったわ……）

自分の人脈のなさ、というか、人付き合いの下手さ加減が情けない。隆人がいなければ、茜は本当にひとりなのだ。

メイクを終えた茜が寝室から出ると、いつものように脱衣所で髪をいじっている隆人と鉢合わせる。彼は茜を見るとニカッと笑ってきた。

「いい男だろ?」

「はいはい。いい男。いい男」

そう言いながら、ネクタイの形を整えてやる。

（だから困ってるのよ……）

見た目がいいのは当然のことながら、まず面倒見がいい。仕事も丁寧だから、所長からも顧客からも信頼されている。人当たりもよくて、茜と違って友達も多い。

隆人に釣り合う女になりたくて頑張ってきたけれど、結局のところ、茜が隆人に敵うところなんかひとつもない。いつもツンツンしていて、意地っ張りで、可愛げがないくらいなのだから。

「……女子力も低いしね……」

「ん？　なんか言ったか？」

「なにも？」

澄ました顔して独り言をごまかしつつ、寝室のクローゼットからコートを出して隆人に渡した。

「そろそろコートがいるかと思って用意してたの。使う？」

「おう！　使う、使う！　この間から、ちょっと冷えてきたなぁって思ってたところなんだよ。サンキュー」

嬉しそうに受け取って、隆人がコートに袖を通す。こんな些細なことにも喜んでくれる彼が愛おしい。

この人の喜ぶことをもっとしたい。〝好き〟の、ひと言が欲しい。愛されたい。

隆人からの、友達以上の気持ちを望んでいるのだ。

「そうそう。俺、今日、税務調査の立ち会いなんだよね。だから、今日の昼は別々な」

「そう……。わかったわ……」

なんでもないように返事をしながらも、今日はひとりランチかと思うと少し寂しい。茜がしょんぼりしながら自分のコートを出していると、隆人が首を傾げてきた。

「どうした？」

見つめられるのは苦手だ。心の内側を探られているかのような気分になる。

『はは～ん。俺が昼事務所にいないから寂しいんだろ？　茜は俺のこと好きだなぁ？』

得意げな隆人の声が聞こえた気がして、茜は慌てて自分のコートを羽織った。

「な、なんでもないわよ！」

「ふーん？　ああ。わかった。いってきますのキスだな？」

「そ、そういうわけじゃ――んっ！」

否定した言葉ごとキスで唇を塞がれ、息を呑む。腰を抱き寄せた格好で舌を絡められたら、もう力が入らない。ずっとこのまま隆人の腕の中にいられたら――

「さてと。行くか」

「……うん」

隆人と共に連れ立って家を出る。キスのせいで、ドキドキがとまらない。

事務所に到着してデスクについてから、ようやく茜の心臓は平常運転を取り戻した。

メールチェックが終わったら、仕事を手伝ってくれている事務の子に仕事を割り振り、来月決算を迎える顧客の決算報告書をチェックして、判を押していく。すると、隆人が席を立った。

「税務調査の立ち会いに行ってきます」

隆人がそう言うと、事務所の中にピリッとした空気が走る。

税務調査はすべての企業や個人事業主が対象になっているものであり、定期的に入るものなので、調査が入ったから即悪徳企業というわけではない。ただ、基本的に「ミスを見つけるため」に調査しているので、「この経費はなんですか?」といった細かな質問や指摘が、数年前まで遡《さかのぼ》って飛んでくる。拘束時間も長い上に、拒否もできない。企業にとっては実に面倒くさいイベントだ。なので、税理士が調査官とのやり取りを一挙に引き受ける。ここで税務署とやり合って、いかに顧客に追納させずにクリアできるか。これが税理士としての腕の見せどころなのだ。

税法は解釈次第ではクロにもなるし、シロにもなる。つまり、税務調査の結果が税理士次第で変わる場合が多々ある。新しい税法も網羅《もうら》し、論理的な解釈を展開して税務官を論破できれば税理士の勝ちだ。そんな有能な税理士には依頼が殺到するし、事務所全体の評価にも繋がるわけだ。当然、負けず嫌いの隆人は税務官相手に一歩も引かないので、顧客からも所長からも厚い信頼を寄せられている。

「新堂先生。よろしく頼むよ」

所長が直々に隆人に声をかける。隆人はホワイトボードに予定を書き込むと、爽やかな笑顔で頷いた。

「顧客が裏帳簿でも作っていない限りは大丈夫です。奥村も連れていきます。いい勉強になるはずです」

自分の仕事に絶対の自信を持っている隆人だから言える言葉だ。実際問題、税理士は顧客から上がってきた数字を、正しい納税を行うために扱うのが仕事だ。顧客に嘘の数字を渡されていたら、それはもうどうしようもない。

(頑張れ、隆人!)

応援、なんてガラじゃないけれど、心の中で彼にエールを送る。そんな茜の視線に気付いたのか、隆人がヒュッとこっちを見た。

(!)

見ていたことが隆人本人に気付かれてしまい、ちょっと気恥ずかしい。だが、ここで知らんぷりをするのも逆におかしいだろう。周囲を見渡すと、皆自分の作業に没頭しているように見える。

(手を振るくらい、別にいいわよね?)

おおっぴらに見送りには立たないが、これぐらいなら許されるだろう。そう思って胸の前で小さく手を振ってみる。すると、隆人の目がいつもより大きく開いて、次にふにゃっと細まった。

(っ!!)

無防備な笑顔を見せられて、一気に顔に熱が上がる。茜は咄嗟に俯いた。

職場でなんて顔をするんだろう。ああいう顔は他の人に見せてほしくない。ただでさえ整った顔立ちなのに、無駄に表情豊かで、しかも優しげな顔をするなんて反則中の反則だ。

(た、隆人め！　職場でも私を骨抜きにするつもりなの⁉)

茜の表情筋が、今は怒るべきなのか、にやけるべきなのかと混乱しているうちに、奥村の支度が整ったらしい。「おまたせしましたっ‼」と、ドタドタと慌ただしく隆人の元へ駆けていく。

「いってらっしゃい。気を付けて」

「頑張ってくださいね～」

オフィスの入り口付近にいた事務員たちと、舞美が見送っている。茜は顔を伏せたままで、声はかけなかった。


昼を少し過ぎた。今頃隆人は税務管を相手に派手にやりあっているんだろう。そんなことを考えながら、茜は自分のパソコンをスリープモードに移行した。

オフィスにはほとんど人がいない。デスクに残っているのは、電話番をする所長とお弁当持参組が数人だ。茜は財布とスマートフォンを持って、オフィスの外に出た。

(さてと、今日のランチはなににしようかしら。うーん……酢豚、食べたいかも)

隆人の作る料理は、和食と洋食が多い。中華は餃子がたまに出てくる程度だ。昼に中華を食べると、夕食と被ることがなくていい。茜はいつもの個人中華料理店へと足を運んだ。

暖簾《のれん》を潜り、半開きになっているドアから店の中に入る。おいしそうな餃子の匂いと共に、中華料理店特有の熱気に包まれた。

「こんにちは」

「いらっしゃーい！　一名様ですか？」

頷くと、白い三角巾をした店員が、空いている席を探して店の中をぐるりと見回す。今日もだいぶ混み合っているようだ。しばらく待つことになるかもしれないが、ひとりなんだし席は直ぐに空くだろう。そう思って、店の入り口付近で待っていたとき――

「ああ〜っ！　千葉センセだ〜っ！　センセ〜っ」

耳に付くベタベタに甘ったるい声に名前を呼ばれて、咄嗟にそっちに視線を向ける。すると、店の奥側にある四人円卓席で、ブンブンと大きく手を振っている舞美がいるではないか。同席には舞美の他に、同じ職場の女性事務員の姿がふたり見える。確か、ふたりとも独身だったはずだ。自分の部下ではないので、茜が彼女らと一緒に仕事をすることは少ない。彼女達は舞美とも年が近いことだし、気が合うのかもしれない。

（…………）

舞美が隆人を呼び出して、自分の彼氏のフリをしてほしいと頼んだのは、つい三日前のことだ。隆人が断ったとはいえ、自分の夫にそんなことを言ってきた彼女のことをよく思っていないのが、今の茜の正直な気持ちだ。それでも茜に向かって手を振ってくる舞美は、無邪気そのもので、自分の非にすら気付いていないように見える。

（はぁ……ここで無視するのも大人げないわよね）

本当は店を出たかったのだが、まさかそんなことができるわけもなく、ビジネススマイルを向けて、小さく手を振り返す。すると舞美が、席を立ってこちらに近づいてきたのだ。

「千葉センセ。こっち、席空いてますし、わたしたちと一緒に食べませんか～？」

女友達いない歴二十九年。隆人がいなければ万年ぼっち。職場の女性らがみんなでランチに行く姿を、羨ましいな～と、指を咥えて眺めつつも、ひとり飯を極めていた茜である。そんな人間が初めて同性からランチを誘われたらどうなるかというと——言われたことがわからずに、完璧にフリーズするしかないのだ。

（えっ？　一緒に？　え？　え？）

きょとんと目を瞬く茜の手を、舞美がナチュラルに引っ張ってきた。

「さささぁ～。こっちです～」

（ええ～～っ!?）

驚きの声を胸中で上げながら、円卓へと連れてこられる。茜は戸惑いつつも、舞美と他のふたりに向かって、順繰りに視線を投げた。

「い、いいのかしら？　ご一緒しても？」

声が緊張で上擦っている。彼女らはわざわざ席を立って、茜に座るように促してきた。

「どうぞどうぞ！」

「千葉先生とご一緒できるなんて光栄です！」

「あ、ありがとう……」

光栄、だなんて言われるとは思ってもみなかった。少し照れた気分で茜が椅子に座ると、舞美を含めた全員が着席した。

「私達、さっき来たばかりなんです」

「そうなんです。石川さんが連れてきてくれて」

どうりで、普段この店では見かけない面子だと思った。ここは裏路地にあるから、案内役がいないと来るのは難しい。

隣に座った舞美を見ると、彼女は「ふふん」と誇らしげに胸を張った。

「転職した日に、新堂センセと千葉センセが連れてきてくれて。すっごくおいしかったから、みんなにも教えたくって」

今日は舞美がみんなを誘ってこの店に来たらしい。そこにちょうど茜が来た、と。

舞美はふたりにメニューを見せながら、まるで自分の行きつけのように仕切りはじめた。

「わたしね、この前来たときは、回鍋肉定食にしたの。超おいしかったよ～。――千葉センセは、なに食べます？　今日も酢豚ですか？」

「そ、そうね」

急に話を振られて、ぎこちなく返事をする。確かにこの店で茜は酢豚しか食べないし、今日も酢豚が食べたくて来たのだが、なんだか舞美のリア充っぷりを見せ付けられている気分だ。すると、同席したひとりが、「ここは酢豚もおいしいんですか?」と聞いてきた。

「ええ。おいしいわよ。私は大好き。パイナップルなんて入ってないから安心してね」

正直な気持ちを言ったのだが、舞美がいきなり噴き出した。

「千葉センセ、酢豚のオススメポイントそこ~? 薄々感じてたケド、千葉センセって結構天然ですねぇ。――ね、千葉センセって、意外と面白いんだから。そんなに畏まらなくたって大丈夫よ~」

なにかおかしなことを言ったのだろうか? 酢豚にパイナップルの有無はかなりの重大事項だと思うのだが。それに、天然……意外と面白いとは?

他のふたりも懸命に笑いを堪えているのがわかる。

「あ、でもわかります。酢豚にパイナップルはないですよねぇ~」

「学校の給食で食べた酢豚がパイナップル入りで苦手だったんですけど、ここの酢豚はそうじゃないなら、わたしも食べてみようかな」

結局、四人とも酢豚を注文することになった。

オススメしたのは自分だが、隆人以外の人がそれを受け入れてくれるという経験は茜には初めてのことで、なんだか無理強いしていないか心配になってくる。

そんな中で、舞美がいきなり挙手をした。

「はぁ～い！　皆さんに重大発表がありま～す」

「なになに？」と舞美に注目が集まる。当然のことながら茜も隣の彼女を見る。舞美は円卓に身を乗り出すと、ずいぶんと勿体《もったい》つけた調子で口を開いた。

「実はわたし～、奥村くんと付き合うことになりました～！」

「ええ～ッ!!」

個人中華料理店には似つかわしくない黄色い声が上がる。もちろん茜も心底驚いたのだが、驚きすぎて逆に声が出なかった。

（え？　隆人に彼氏のフリを頼んでからまだ三日しか経ってないのに!?　いつから!?　ってか、なんで奥村くん!?）

舞美と奥村の接点は、お互いが隆人の部下、ということ以外にはない。茜の目から見ても、奥村の自己アピールはかなり空回っていて、ふたりが特別親しくしている姿を見たこともない。むしろ、彼女は隆人にばかりベッタリだったのに。

茜が驚いていると舞美が小悪魔な笑みを浮かべて、小声で囁いてきた。

「既婚者とか興味ないですよー。同じ事務所に奥さんがいるって面白そうだから、ちょっかいかけてみただけで～す」

（な！）

言葉に詰まってうまく反応できない。人の旦那にちょっかいを出してきたことを怒るべきなのか、それとも舞美が本気でなかったことに安堵するべきなのか。

茜は小さく息を吐いて、複雑な感情を呑み込んだ。

舞美の言葉がそのままの意味なのか、それとも隆人に相手にされなかったから、こんなことを言い出したのか、彼女の真意はわからない。しかし、奥村と付き合うことを茜以外の人にも宣言したということは、そこは本当なのだろう。ならもう、深く突っ込むまい。むしろ、ひと目のあるこの場で声を荒らげるほうがおかしいではないか。

「そう。奥村くんと……おめでとう」

思うところはいろいろあったが、祝福の言葉に留《とど》める。

「奥村くんとは思わなかったなー。石川さん、奥村くんはアリだったんだ？」

「なになに？　どこがよかったの？　なにか決め手があったの？」

他のふたりが舞美を質問攻めにする。舞美はグロスをたっぷりと塗った唇に人差し指を当てながら、可愛らしく小首を傾げてきた。

「奥村くんって、ああ見えて将来有望だと思うんですよ～」

「確かに。税理士試験合格まであと一歩なんだっけ？　合格したら一気に高給取りだよね」

「それに、彼って浮気とかしなそうだし～。わたしもそろそろ結婚したいですし、結婚するなら彼みたいな人かなぁ？　って思って」

「あー。確かに！　真面目だもんね、彼」

（そうね、それは私も同意するわ）

胸中で茜も頷いた。

奥村ほど女慣れしていなければ、浮気はだいぶ難しいだろう。それに、ひとつの資格を諦めることなく何年も受験し続ける彼は、かなり一途な性格とも言える。奥村が今の調子で勉強し続ければ、そう遠くない未来には、税理士試験に合格するだろう。

結婚を見据え、奥村の将来性があって、かつ浮気しなそうなところを気に入ったと言うのなら、なるほど確かにそれは合点がいく。

（意外と堅実なのね、石川さんって）

茜がひとりでそう考えていると、彼女らの女子トークは一層弾んだ。

「奥村くんがね、わたしのことすっごい好きって。舞美のためならなんでもするって言ってくれたの」

「きゃあ！　ノロケ？　ノロケなの⁉」

「あの奥村くんが⁉　うわーやるね。言われたらちょっと嬉しいかも」

「わたしも、超超嬉しくって。奥村くんが試験に合格するまで、応援しようかなぁ～って」

なるほど。糟糠《そうこう》の妻《つま》を目指すと。税理士試験は指折りの難関だ。合格までを好きな人に支えてもらえたら、奥村も気合いが入るだろう。

（ふたりの間になにがあったのかはわからないけれど、案外うまくいってるのかしらね？）

舞美は癖の強い感じもあるが、隆人が彼女の相談を奥村に丸投げしたことによって、休日の間に急展開したとも考えられる。

奥村は初対面のときから舞美に惹かれていたようだったし、彼の想いが叶ったのなら、他人が水を差すのも野暮《やぼ》というもの。素直に祝福してあげたい。それに、ふたりの仲がうまくいけば、舞美が人の旦那にちょっかいをかけようなんて気も起こさなくなるかもしれないではないか。

（奥村くん、グッジョブ!!　このまま結婚まで頑張って！　私はあなたの恋を応援してるからね！）

ふんふんと頷きながら、心の中で奥村にエールを送っていると、舞美は悪戯っぽくウィンクしてみせた。

「それに、クリスマスも近いしね」

「ああ〜〜」

一気に同意する声が上がる。が、茜の頭の中はクエスチョンマークでいっぱいだ。

（クリスマス？　確かに来月は十二月だけど、どうしてクリスマスの話になったのかしら？）

まったくわからない。そんな茜を置き去りにして、彼女らのトークは盛り上がっている。

（もしかして、私、今、女子会に参加しているのかしら？　はわわわ……初めてだわ、女子会。みんなこんなことを話しているのね）

会話の流れはわからないが、わからないなりにちょっとドキドキしてくる。きっとこれが、恋バナというやつなのだろう。

「奥村くん、気合い入ったプレゼントくれそうね」

「いきなり指輪とかありそうじゃない？」

（ええっと、初めてのクリスマスだから、奥村くんがクリスマスプレゼントに、なにをくれるかという予想かしら？　きっとそうね）

なんとか話題に付いていこうと頭をフル回転させる。

舞美がなにが欲しいかを聞いて、あとでこっそりと奥村に教えてやれば、彼の株も上がるかもしれない。奥村を応援したい茜は、懸命に聞き耳を立てた。

「付き合って一ヶ月で指輪は重いって」

「でも、貰えたらそれはそれで嬉しいじゃない？　うちの彼氏も、最初はホテルのレストラン予約したりしてくれてたのに、去年のクリスマスはファミレスよ、ファミレス！　ないわー。倦怠期《けんたいき》ってやつ？」

「あー。でも倦怠期来るよね。三年目くらいからなぁなぁになる感じ」

「あるある。そっちが冷めてるのと同じくらい、こっちも冷めてるの気付けよって思うわ」

（ん？　プレゼントの話は終わり？　で、今度は倦怠期の話⁉）

ちゃんと話を聞いていたはずなのだが、いつの間にか舞美と奥村の話からクリスマスへと話題が移り、更には倦怠期の話がはじまっているようだ。女子会というものは、こんなに話題がとっ散らかっているものなのか。ちょっと戸惑ってしまう。舞美の欲しがっているプレゼントを、奥村に教えてあげようと思っていたのだが、どうやら無理そうだ。

（ごめんなさい、奥村くん。聞き出せなかったわ……）

別に約束すらしていない奥村に心の中で謝っていると、店員が四人分の酢豚定食を持ってきた。甘酢あんの香りが食欲をそそる。ここの酢豚は肉の臭みがまるでなく、とてもおいしいのだ。もちろんパイナップルも入っていない。そしてセットの卵スープも絶品。

「いただきます」

手を合わせて割り箸を割る。みんなして、「あ、結構おいしいですね」とか「私もこれ好きかも」なんて酢豚の感想をしばらく言い合っているうちに、舞美が「そうだ」と手を打った。

「倦怠期と無縁のカップルがいるじゃないですか！　秘訣を教えてもらわなきゃ〜」

ほうほう。倦怠期に無縁のカップルがこの中に！

黙々と酢豚を食べながら、茜は密かに興味津々だ。なんてったって、隆人は女関係が長続きしない。彼の場合、人よりも早く倦怠期が来るとも考えられる。倦怠期と無縁ということは、男を飽きさせないための秘訣があるのかもしれない。

（後学のために、私もぜひお話を聞かせていただきたいわ）

そう思って顔を上げると、同席している三人の目が一斉に茜に注がれるのだ。茜はきょとんとして辺りを見回したのだが、彼女らの期待に満ち満ちた眼差しは逸れない。

（……え、まさか……）

右手にお箸を持ったまま、茜は首を傾げた。

「もしかして、私？」

「当然じゃないですか～！　なに、ボケかましてるんですか！」

「千葉先生に決まってますよ。幼なじみの新堂先生と結婚！　馴れ初めとかみんな聞きたがってたんですよ」

「千葉先生はクールだし、デキる女で、私達の憧れなんで。こんな下世話な話に付き合わせるなんてできなかったんですけれど！　ちょっと今日は勢いってことで！」

クール……デキる女……憧れ？

ぼっち歴二十九年で、初めて聞いた自分に対する他人の評価に目が点になる。

（ええっ⁉　ちょ、ちょっと待って⁉　なにそれ‼　わ、私、そんなんじゃないのに‼

素直じゃないし、不器用だし、意地っ張りだし、負けず嫌いだし、女子力皆無だし、友達は隆人しかいないし、隠れぼっちなのよ!?）

おもいっきり訂正したい。いや、しなければ！　誤解だ。

「わ、私は、皆さんにそんなふうに言ってもらえるほどの人間じゃないのだけれど……」

「いやいや、そんなご謙遜を。千葉先生は、我が事務所唯一の女性税理士なんですよ？　尊敬してない女性社員はいませんから！」

「こんなに控えめな千葉先生だから、新堂先生も長年手放さないんでしょうね！」

「ええっと……」

訂正したつもりなのだが、訂正どころか誤解に拍車が掛かっているような気がする。どうしたら伝わるのだろうかと考えあぐねているうちに、舞美がニヤリと笑った。

「千葉センセと新堂センセって、かなりラブラブですよね～？」

いきなりなにを言い出すのかと、隣に座っている舞美を見る。彼女は口に手を当てて、更にニヤニヤといやらしい笑みを浮かべた。

「今日見ちゃいましたも～ん。新堂センセが外回りに行くときに、千葉センセが手を振ってると・こ・ろ」

「っ!!」

一気に赤面した。見られていた!?　誰にも気付かれないようにしたつもりだったのに。

本当のことだから否定もせずに顔だけ赤くしていると、他のふたりのテンションも急上昇していく。

「ええっ!! ラブラブじゃないですか！ 羨ましいっ！」

「しかもね、ずっと一緒にいても、お互いにまだ飽きてないんだって～。すごくない？」

舞美が初めてこの店に来たときの会話まで持ち出してきたものだから、茜の顔はもう茹でだこだ。なぜだろう。確かに自分達が言ったことだが、舞美から言われると無性に恥ずかしくなる。

「おふたりってプライベートでどんな感じなんですか？ 美男美女の完璧カップルの日常とか超気になるんですけど！」

「えっ、え？ わ、私達？ えと……普通？ かしら？」

(完璧カップルってなに？ 隆人はかっこいいけど、私は結構ダメダメなんだけど……)

「長く付き合うコツってなんですか⁉ マンネリ打破にはどうしたらいいんですか⁉」

「そ、そんなこと、考えたこともなかったわ……」

(っていうか、付き合ってなかったんだってば！ 友達だったの！ ただの幼なじみ！ 結婚してから初めて一緒に暮らしはじめたの！ 長く付き合うコツとか私が知りたいの！)

女子力の塊に気圧されて、茜はもうタジタジだ。今まで他人とこんな話をしたことがないものだから、どう答えていいものかわからない。むしろ、今後の参考のために、彼女らの話を聞きたいのに。質問攻めにされるよりはと、茜は逆に彼女たちに話を振ってみた。

「み、皆さんは、特別なことをしたりするの？　その、彼とお付き合いしていく上で、飽きられない工夫、みたいなこと」

彼女達は少し考えて、それぞれに口を開いた。

「そうですねー。私は料理かな。胃袋を掴むって基本じゃないですか」

確かにこれは基本で、茜も思いついて実践したことだ。しかし、この作戦が失敗しているから、今は別の作戦が必要である。

「私、彼へのプレゼントは奮発することにしてるんです。だって自分も貰ったら嬉しいじゃないですか」

なるほど、プレゼントか。これは有効な気がする。隆人にプレゼントなんて特別したこともない。誕生日には飲み代を奢ってもらったり、映画代を奢ったりといったやり取りだったのだ。隆人の恋人に配慮して、クリスマスプレゼントなんか渡したこともない。

だが、今回は結婚して初のクリスマスだ。隆人に恋人はいない。茜が彼の奥さんなのだ。クリスマスプレゼントとして渡せば、違和感もないだろう。

（問題はなにを渡すか、ね）

隆人にバレないように、彼の欲しそうな物をリサーチしなくては。クリスマスまで残り二ヶ月を切っている。時間がない。

「わたしもプレゼントしてますよ～」

舞美の甘ったるい声に釣られて、彼女のほうを見る。

(石川さんも、プレゼントするのね。プレゼント……多いのね)

最初はそれぐらいの印象だったのだが――

「特別な日に、彼好みのえっちな下着を着て、『わたしをプレゼント』ってやるんです～」

「え?」

まったく想定すらしていなかったことを言われて、完全に真顔になる。

この瞬間茜は確実に、ここが昼間の個人中華料理店で、周りにはサラリーマンがたくさんいるという現実を忘れていた。それ程、舞美の言ったことは茜にとって衝撃的なことだったのだ。

(は、はい……? わたしを、プレゼント……?)

舞美は自信たっぷりに、その豊満な胸を揺さぶった。

「彼には、自分の一番綺麗で可愛い姿を見てほしいじゃないですか? だから、とびっきりえっちな下着で彼に迫るんです。結構効きますよ、この作戦。物だと他の人と被るかもしれないけど、これは絶対に被りませんからね～。そうしたら、みんなわたしのこと好きって言ってくれるんです。かなり喜んでくれて、愛が深まりますよ?」

なぜだろう。猛烈に説得力を感じる。

下着選びは一応、昔からそれなりに気を使っていたつもりなのだが、それが隆人の好みかというとわからない。なにせ、下着の感想なんて一切聞いたことがないのだ。

そのとき、茜の脳裏によぎったのは、隆人の歴代の彼女達……。かなりの美人揃いで、セクシー系の女性が多かった気がする。その一方で茜は、セクシー系の下着には一切挑戦したことがない。もしも彼がセクシー系が好みだったなら、茜が普段身に着けている下着は無難すぎてつまらないという可能性もある。

隆人には、自分の一番綺麗な姿を見てほしい。それに、クリスマスプレゼントなんて、なにを渡したって隆人の歴代の彼女達と被りそうな気がする。そしてなにより、茜の心を動かしたのは、〝好き〟と言ってくれるという舞美のひと言だ。

隆人に自分をプレゼントする。

そして隆人に〝好き〟と言ってもらう……愛が深まる……

(素晴らしいわ！　こんな作戦、私じゃ絶対に思いつかなかった！)

女子会万歳。初めての女子会で、こんな有意義な情報が得られるとは思わなかった。みんなこうやって情報交換しているのか。人生損していた気分だ。

「もう！　石川さんったら、千葉先生にそんなこと聞かせて！　先生が驚いちゃってるじゃないの！」

「えへへ～。すみませ～ん。千葉センセって、からかったら超面白いんで」

「まったくもう、この子ったら」

この妙案を実行に移そうと、心の中で息巻いている茜には、その後の彼女らのやり取りはまったく聞こえていなかった。

◆　◇　◆

その週末――

小休憩の合間にオフィスのレストルームの個室で、茜はスマートフォンを凝視していた。

『ご注文の商品が、ご指定のコンビニに到着しました。認証キーは――』

「つ、ついに来たわね……」

思わず独り言を言ってしまい、慌てて口を噤む。メールを細部まで確認してから、ゴクリと生唾を呑んだ。

舞美達との女子会ランチのあと、茜は隆人の目を盗み、スマートフォンを使ったネット通販で、新しい勝負下着を注文した。もちろん、セクシー系の下着である。

検索して初めて知ったのだが、この手の下着の多いこと多いこと……

検索サイトが自動的に抽出してくれる「関連キーワード」の中に、ベビードールや勝負下着が挙がるのはまだ可愛いほうで、スケスケ、穴あきショーツ、ボンデージなどなど。

なかなかに過激なキーワードが並んでいて、スマートフォンの画面を凝視したまま赤面してしまったくらいだ。スケスケどころか、どう見ても紐としか言いようのないショーツもあったりと、茜にとっては未知の領域である。

レビューもくまなくチェックしたのだが、「マンネリ防止に購入してみました」や「彼も喜んでくれました♪」といった書き込みが多々あったことには正直驚いた。

この過激な下着を身に着けて、彼との逢瀬《おうせ》に挑んでいる女性らが世の中にいるのかと思うと、舞美が言っていたことは実はかなり一般的では？　という確信を抱かせてくれる。お陰で、購入ボタンを押す勇気が出た。

今回、茜が購入してみたのは、ショート丈のビスチェとショーツ、そしてガーターベルトの三点セット。黒の総レースでかなり露出《ろしゅつ》の激しいデザインなのだが、この商品が一番レビューが多かったのだ。

夜に注文したら、翌朝には受注、更に翌々日には発送。そして本日木曜日に、自宅近くのコンビニに到着したのだ。家族に秘密にしたい通販は、コンビニ受け取りに限る。

（今日の隆人は午後から外回り。三件回るって言ってたから、直帰のはず……）

隆人と別々に帰る今日が、コンビニで荷物を受け取るチャンスだ。

スマートフォンをポケットにしまった茜は、何食わぬ顔で事務所に戻った。ちらりと隆人のほうを見ると、もう業務を再開させて忙しそうにキーボードを叩き込んでいる。舞美は、——質問だろうか？　書類を奥村に見せて、相変わらず小悪魔な笑みを浮かべている。

そう言えば、彼女の隆人へのボディタッチも格段に減った。

隆人も奥村から、舞美と付き合うことになったと報告を受けたらしい。元から真面目だった奥村だが、彼女と付き合うようになってから、仕事に対する打ち込み方が凄まじい。

舞美にいいところを見せたい、という気持ちのあらわれかもしれない。

（私も頑張るわ！）

そして、隆人の気持ちを繋ぎとめるのだ。


仕事を終えてひとりで帰宅した茜は、コンビニで受け取ったばかりの紙袋を持ったまま寝室に直行した。仕事用の鞄を床に置いて、白いオーソドックスな紙袋をしげしげと眺める。ついに待ち望んだアイテムを手に入れた。通販なんて誰でもしていることだろうに、モノがモノだけに、なんだか密売的なイケナイコトをしているようでドキドキする。

茜は丁寧に紙袋を開けて、中の商品と説明書きを取り出した。

ショップの手作りとおぼしき説明書きには、下着類なので試着後の返品は不可という一文が書いてある。

「す、すごいわね……」

ビスチェの肩紐を持って広げた茜は、思わずそう呟いていた。第一印象は派手のひと言だ。

ただ、画像で見たよりも繊細なレースで、肌触りもいい。サイドウエストはリボンの編み込みになっていて、そこから肌が見える造りだ。ショーツは強気のTバック。実はショーツには選択肢があった。その選択肢というのが、穴あきと、Tバックと、紐。この三択ならTバックが一番無難に見えてしまったところがなんとも恐ろしい。ノーマルなフラットショーツなど、絶対に選ばせないという製作者の強い意図を感じる。

正直なところ、普段の下着とは大きくかけ離れている。が、これぐらいしなければインパクトがないだろう。

ガーターベルトも一緒にベッドに並べて、茜は覚悟を決めて頷いた。

（とりあえず、着てみようかしら）

返品する気などさらさらない。今は、ちょうど黒のガーターストッキングを穿いているし、隆人の帰宅まで時間もあるはず。好都合だ。

茜はいそいそとスーツを脱いだ。下着も脱いで、初めてのTバックに脚を通す。そしてメインのビスチェを身に着けた。ガーターベルトのクリップをストッキングに付ける。

このビスチェは胸を支えるワイヤーがないのでなんとも心許ないが、着用方法自体はこれで合っているはず……

（鏡、鏡！）

クローゼットを開けて、扉の内側に付いている姿見を確認した茜は、自分の姿に絶句した。

「…………」

ウエストの編み込みリボンから肌が見えるのは予想通りなのだが、ビスチェがショート丈のせいでお臍まで見えている。しかも総レースの生地からは、うっすらと肌が透けて見えるではないか。もちろん、乳首も透けている。

スマートフォンで通販サイトを見たときは、こんなに薄い生地だとは思わなかった。きっとモデルはニップレスやヌーブラなどを着用していたに違いない。

（うわ……どうしよう、恥ずかしい……）

一応、着ているはずなのに、なにも着ていないときより恥ずかしい気持ちになるのはなぜだろう？　インパクトを求めていたが、インパクトありすぎだ。

胸元のスケスケ具合もさることながら、お尻のTバックの食い込みもかなりキている。一応、フロント部分にはレースがあるので、正面から見たときは普通のショーツと変わりない。しかし、後ろから見ればお尻が九割方出てしまっているのだ。

下着としての機能はまるでないのに、視覚にだけは訴えかけるものがある。いやむしろ、このコケティッシュな露出こそが、この下着の機能なのだろう。セクシーを通り越して、もはや官能的だ。それを目的に買ったのだから、この商品に間違いはなかったわけだ。しかも、ちょっと似合っている。

が、問題はこの羞恥心だ。鏡の中の自分は、直視するのも躊躇われる程の露出っぷり。これを着て隆人の前に出られるかというと——

（ムリムリムリムリ！　絶対ムリ！）

羞恥心には勝てない。

「私をプレゼント」からの〝好き〟と言わせようという作戦は、想像以上に上級者向けだったようだ。

（はぁ～。いい作戦だと思ったんだけどなぁ。また新しい作戦を考えないとダメね）

姿見に向かって、無意識にヒップラインをチェックする。Tバックは初めて穿いたのだが、パンツラインがないというのは、スラックスを穿いたときにはよさそうだ。

（捨てちゃうのももったいないし、このTバックはスラックスを穿くとき専用にして——）

「ただいま。茜？　ここにいるのか？」

なんの前触れもなく、ガチャッと寝室のドアが開く。

「え？」

お尻をドア側に向けていた茜がそろーっと振り返ると、鞄を片手に持ったままの隆人が、目を剝いて棒立ちになっているではないか。完全にフリーズしている。こんな隆人は初めて見た。

（なんで――――ッ！　なんでもう帰ってきてるの!?　嘘でしょ!?　ってかノックくらいして――ッ！）

茜は一気に赤面した。

仕事の速い男だというのは知っていたが、今日くらい遅くてもいいのに。

隆人には見せられないと思っていたこの官能的な下着姿でいるところを、選りに選ってその隆人に見られた！　これなら素っ裸でいたところを見られたほうが一〇〇万倍もマシというもの！　羞恥心で死ねるなら、今すぐ死ねる。いつものように平静を装おうとしても、できない。心臓がバクバクする。

「こっ、これはね……えと、その、あの、なんていうか、その、ちょっと買ってみて……」

しどろもどろになって言い訳にもならない言い訳を並べる。すると隆人は、瞬きひとつしないまま、そっと寝室のドアを閉めた。

パタン――

やたらと響いたドアの音に、今度は茜のほうが固まる。赤かった顔から、サーッと血の気が引いて、さっきとは違う意味で、心臓がバクバクしてきた。

ドアを閉められた。ひと言も、なんのツッコミもなく、閉められた。

『なにそのエロい下着。買ったの？　俺の気を引きたくて？　なんだよもうー。茜は俺に

抱かれたくてしょうがないんだな？』なんてツッコミでもあったなら、笑って誤魔化せたかもしれない。けれども現実は、ひと言もなく黙ってドアを閉められたのだ。まるで心の扉を閉められたようではないか。きっと隆人はドン引きしたのだ。そうに違いない。

茜はガックリと膝を折って、フローリングの床に崩れ落ちた。

（どうしよう……軽蔑《けいべつ》された？　こんな派手で破廉恥な下着を着てなにしてるんだって？　ド変態級の痴女だと思われた？）

好かれようと思ってやったことで、軽蔑されるなんて思ってもみなかった。精神的に死んだと言ってもいい。これからどの面下げて隆人に会えばいいのだろう!?

茜は惨敗した勝負下着を着たまま、しばらく動けなかった。

◆　◇　◆

寝室のドアを無言で閉めた隆人は、心臓をバクバクさせながら固まっていた。

（は？　今のなに？　あいつなにやってんの？　エロすぎだろ……）

ボンデージと見紛う程、ピッチリとボディラインを強調したデザインのレースの下着。いつもはスカートに覆われている美尻には、まさかのTバック。白い肌に黒い下着のコントラストが艶めかしい。スラリと伸びた美脚は、ガーターストッキングに包まれ、むしゃぶりつきたくなる程の妖艶《ようえん》さだ。茜のキュッと引き締まった剥き出しの美尻が、まだ網膜に焼き付いている。

(あ、ヤバイ！)

思い出しただけで興奮してくる。これは——

自分の鼻を押さえた隆人は、リビングのソファに鞄を投げ捨てて、洗面所に直行した。

手のひらを確認すると、ちょっと鼻血が垂れているではないか。なんたる不覚。十代のガキじゃあるまいし、好きな女の下着姿を見て興奮し、鼻血を出すなんて！　こんな醜態、茜に晒《さら》せるわけがない。圧迫止血だ。圧迫止血。

しばらく鼻を摘んで、鼻血をとめた隆人は、詰めていた息をようやく吐いた。幸い、シャツには鼻血も付いていないようだし、茜に気付かれる心配はないだろう。が、まだ心臓がバクバクしている。

(茜、あんな下着持ってなかったよな？　俺、見たことないぞ？)

『ちょっと買ってみて……』

しどろもどろになっていた茜を思い出す。そう言えば、床に見慣れない紙袋が落ちていたっけ。おそらく彼女は、買ったばかりの下着を試着していたのだ。そこに帰宅した隆人が、茜の返事がないものだから、ノックもしないまま寝室のドアを開けてしまった、と。

(買ったって……つまりその、着るために買ったんだよな？　ってか実際着てたし)

本人が買ったと言ったのだから、店が間違えて送ってきたという線はナシだ。しかし、あの下着は普段茜が身に着けている物とかなりテイストが違う。どう見てもプレイ用……あの下着姿でベッドに横たわる茜を妄想して、思わずゴクリと生唾を呑んだ。

あんな女の色気全開な姿で迫ってこられたら、普段の十倍は滾る自信がある。普段の下着が悪いという意味ではないが、普段とのギャップに萌えるのだ。

茜が自分とのセックスのために、あの下着を選んだのだと想像するだけで、鼻に集まっていた血が今度は下半身に集中してくる。もう、スラックスの股間部分が下から押し上げられるほどの臨戦態勢だ。興奮しているのが丸わかりで、とても茜の前に出られない！

（……風呂入ろう……）

隆人は黙ってスーツを脱ぐと、バスルームに入ってシャワーの冷水を頭から浴びた。

（心頭滅却《しんとうめつきやく》、心頭滅却……）

雑念を振り払おうとするけれど、それでも完全に屹立している漲りは萎えるどころかますます昂ぶるのだ。

茜だったらなにを着ていてもいいいし、好きだ。普段の茜の下着だって、普通に似合っていると思う。それは間違いなく本音だ。でも、男の身体は正直だ。

（ああいうの好みだったんだな……俺……）

自分でも気付いていなかった性癖を、剛速球で射ぬかれた気分だ。あんな不意打ち、勝てるわけがない。完全に悩殺された。

驚いて隆人を振り返ったときの茜のあどけない顔。スラリとした伸びやかな肢体。ふっくらとした胸の谷間。綺麗にくびれたウエスト部分は肌が透けていたし、ベルトに繋がれたガーターストッキングとショーツの間は、計算され尽くした絶対領域。おまけに尻には挑戦的なTバック。瞼を閉じるだけで、茜の媚体が鮮明に蘇ってくるのだ。それは隆人に抑えがたい性衝動を生んだ。

(は……茜……茜……茜、好きだ……)

自分のリズムで自分自身を扱く。頭の中の茜は、ベッドの上に寝そべってちょっぴり高慢な笑みを浮かべながら、隆人を迎えてくれるのだ。そんな彼女にむしゃぶりついて、乳房を揉みしだき、あのTバックをずらして——

「ふぅ……」

妻がいるのに、その妻で自分を慰めるのは、主食をおかずにするような矛盾がある。

茜の魅力と、己の煩悩《ぼんのう》に負けて、一時的な快感に身を委ねた代償は、排水溝に流れていく射液を見つめながらの、「俺、ひとりでなにやってんだろう」という妙な悟りだ。こんなことをしなくても、愛する茜があんなセクシーな下着まで用意してくれていたのだから、あのまま押し倒しておいしくいただいてしまえばよかったのでは?

(いや、しかし、鼻血がな……)

鼻血を垂らしながら抱きついたら変質者丸出しじゃないか。言い訳にも格好がつかない。挽回するには、やはり夜だ。

ドアを開けたときの茜の反応を見るに、きっと彼女は内緒であの下着を用意して、隆人を驚かせようとしていたのだろう。不意に隆人が寝室を開けたものだから、逆に彼女が驚いてしまったのだ。

今夜、茜があの下着を着てくれるかもしれない。そうしたらおもいっきりイチャイチャすればいいのだ。大丈夫。心の準備はもうできた。次は無様に鼻血を出すこともあるまい。

隆人はそそくさとシャワーを切り上げると、部屋着に着替えてリビングキッチンへと続くドアを開けた。すると、エプロンを着けている茜と目が合う。

彼女はすぐに俯いて、後ろ手でエプロンの紐を蝶結びにした。

「お、おかえりなさい」

「ただいま……」

ぎこちない！　猛烈にぎこちない!!

隆人が風呂に入っていたことなんか気付いているだろうに、茜は触れてこない。それどころかまるで、あの下着姿を見られたこと自体をなかったことにしたいのか、時間を巻き戻すように出勤時と同じスーツを着ている。多分、触れてはいけないのだろう。

そして隆人は隆人で、鼻血を垂らし、茜をおかずにひとりで致してしまった気まずさがある。加えて、「あのスーツの下は、さっき見た下着なのだろうか」と想像したら、また煩悩が蘇ってきて、茜とまともに視線を合わせることができない。

「きょ、今日はなに作ろうか？」

「た、卵がたくさんあるから、オムライスに、したくて……」

「お。いいね」

話しながらふたりでキッチンに並ぶ。

茜が米を研いで、隆人がサラダとスープを用意した。オムライスの味付けはいつも通り、隆人が茜に教えながら、彼女が変なアレンジをしないように目を光らせる。

そうしてできあがったオムライスは上々。味も普通にうまい。

一緒に食べて、茜が入浴している間に洗い物を済ませ、パンツ一丁で寝室で待機する。期待に胸と股間が膨らむ。きっと茜は入浴後に、あの下着を着てくれる。そうしたらたくさん褒めて、あのセクシーな胸元を堪能させてもらって――

「じゃあ、おやすみなさい」

「あ、ああ。おやすみ」

寝室に来た茜がベッドに入った途端、会話もろくにないまま電気が消されたのだ。

天井の豆電球の灯りを見つめながら、隆人は目を見開いた。

（ええっ!?　あのエロい下着は!?　セックスは!?）

風呂から上がった茜は、いつもと同じシルクのパジャマ。艶めかしい美脚はガータートッキングでもないし、とてもあの下着を身に着けているようには見えない。しかも彼女は隆人に背中を向けて、もうスースーと寝息を立てているのだ。

（え、ちょっと、茜……茜さん？　するんじゃないんですか？　もしもーし……）

梯子《はしご》を外されたショックに、股間も塩を撒かれたナメクジのようにしおしおだ。

（ええ……嘘だろ……）

やっぱりあのときに、茜を押し倒すべきだったのか？　彼女もそれを期待していた？

いや、しかし今日は木曜日。明日は仕事だ。茜のことだから、平日にセックスをしようとは思っていないのだろう。

金曜日の夜こそ、茜があのセクシーな下着を着て迫ってくるのかもしれない。きっとそうだ。そう思うと現金なもので、股間も元気を取り戻していく。

（わかった！　明日、明日だな!?　俺は楽しみに待ってればいいんだな!?）

しかし茜は、翌日も翌々日もそのまた翌日も……隆人を避けるように先に寝てしまったのだった。

第五章　ラブバトル

「ああ～もう、どうしよう、ママ～。私、絶対やっちゃったよ……」

リップスティックのいつものカウンター席に座った茜は、まだ酒の一滴も入っていないのに、突っ伏して管《くだ》を巻いた。

「あらあら。茜ちゃんが弱っているなんて珍しいわね」

しなやかな肢体に鮮やかなブルーのドレスを身に纏ったマリコの声は、呆れるでもなく、突き放すわけでもなく優しい。同性の友達がいない茜にとって、女装バーのママは気楽に話せる唯一の同性だ。

開店直後のバーには、まだお客がいない。いつもは隆人と一緒に来る茜だが、今日はひとりだ。隆人は残業中。

仕事が先に終わったものの、誰もいない家にはなんとなく帰り難く、自然と足がバーに向かったのだ。

「どうしたの？」

起き上がる気力のない茜は、カウンターに突っ伏したまま弱音を吐いた。

「……やっちゃったの……私が悪いのよ……隆人に嫌われたかも……」

「たかちゃんが茜ちゃんを嫌う？　そんなことあるはずないと思うわよ？」

彼女はそう言ってくれるけれど、それは知らないから言えることだ。でも、なにがあったかなんて、恥ずかしすぎて人に話すこともできない。

結局、隆人に破廉恥な下着姿でいたところを目撃されてから一ヶ月が経ち、今は十二月。クリスマスも目前に迫っている。

職場ではなんとかいつもどおりに振る舞ってはいるものの、繁忙期の慌ただしさもあってバタバタしている。ランチも一緒に行けていない。

幸か不幸か、隆人が担当している企業には、今月決算期が茜よりも圧倒的に多い。どうあっても彼のほうが帰宅時間が遅くなる。「遅くなるから待たなくていい」と隆人が言うこともあって、夕食だけ用意して茜は先にベッドに入っている。待っていれば、話す時間は取れるかもしれないのに、そうしていないのは茜だ。

隆人と、どうやって話せばいいのかわからないのだ。

隆人に嫌われたかもしれない。軽蔑されたかもしれない――そう思うと、一ヶ月経っても、彼の顔をまともに見ることができないでいる。どうしてあんな破廉恥な下着を買ってしまったんだろう？　後悔してもしきれない。

隆人も隆人で、あのとき見た下着には、まるっきり触れてこない。

お互いがお互いに、〝あったこと〟を〝なかったこと〟にしようとしているような、不自然な空気があって、それがまた仲直りのきっかけを掴みにくくしている。日が経つにつれて、笑っておしまいにできるような雰囲気ではなくなってきているのだ。

当然、セックスもない。

朝のキスはあるけれど、それもどこかぎこちない。義務のような時間だ。

やはり、隆人が茜を軽蔑して、嫌って……？

「はぁ……」

スーパーネガティブモードに陥った茜がため息をつくと、マリコは困ったように笑った。なにがあったのかも言わず、ただ管を巻いているだけの客なんて迷惑でしかないだろう。それはわかっているけれど言えない。そして家に帰りたくない。ひとりでいたくないのだ。そんな茜の気持ちがわかっているかのように、マリコはモヒートのグラスをそっとカウンターに置いた。

「いいのよ。茜ちゃんは、うちの大事な常連さんだもの。ゆっくりしてってね」

小さな音を立てて、グラスの氷が揺れる。

茜はようやく身体を起こして、「ありがとう」と頷いた。そこへ、マリコと一緒に、婚姻届の証人になってくれたトシコが出勤してきて、カウンターに入る。マリコは仕込みのために、入れ替わりに奥に下がった。

トシコが年季の入ったレコードを取り出して、今ではもう聴くこともなくなった海外の古い曲をかけてくれる。ゆったりとしたいい曲だ。

茜がモヒートで唇を潤していると、カランとバーの入り口が開いた。

「いらっしゃい」

トシコが客を出迎えている。茜は横目で、入ってきた客をちらりと見た。背の高い、スーツ姿の男性だが、隆人ではない。隆人でなければ茜にとって、他は誰でも同じだ。すぐに興味を失って、再びひとりの時間に没頭する。重たいため息がまた出た。

「はぁあああ……」

(どうしよう……いつまでもこんな調子じゃ駄目ってわかってるのに……。でも——)

「あれ？　千葉？」

後ろから急に名前を呼ばれたことに驚いて振り向く。声をかけてきたのは、さっき入店してきた男性だ。もしかして知っている人だったのだろうか？　隆人かそうでないかだけしか興味がなかったから、そこまで深く相手を見ていなかった。

(クライアントじゃないはずなんだけど……どなただったかしら……？)

　正直、一見したところでは誰かわからない。茜が身体ごと向き直ると、その男性は爽やかな顔で目を細めてきた。

「やっぱり千葉だ。俺だよ。平《たいら》だよ。わかる？」

　名前を言われたら、「あっ」と心当たりが浮かんでくる。

「もしかして……平先輩ですか？」

「そうだよ」

　屈託ない笑顔を向けられて、懐かしさに頬が緩む。

　平は茜の高校時代の先輩だ。ひとつ年上で、茜が二年の頃に生徒会で書記をしていたときに、生徒会長を務めていた。とても気さくな性格で、みんなから慕われていたし、確かサッカー部でも部長を務めていたと記憶している。学生時分、テストで隆人に負けたくなかった茜は、一学年上の彼に、何度か勉強を見てもらったことがあるのだ。

　茜は立ち上がって、頭を下げた。

「ご無沙汰しております、先輩！　驚きました。お元気でしたか？」

「元気だよ。千葉は変わらないね。すぐわかったよ」

　子供の頃から成長していないと言われたようで、恥ずかしさのほうが先に来る。

　茜は自分の隣の席――なんとなく、普段隆人が座るのとは逆の席を――彼に勧めた。

「先輩が卒業されて以来ですから、もう十年以上経ちますね。本当にお久しぶりです。確か、東京の大学に進学されたんですよね？」

「そうだよ。大学卒業してからしばらく向こうで働いていたんだけど、去年、こっちに戻ってきて起業したんだ。ＩＴ関係の会社なんだけどね」

「まぁ！　起業されたんですね。おめでとうございます」

「彼女と同じものを」とトシコにオーダーを通した平は、スーツの内ポケットから革製の小洒落た名刺入れを取り出すと、茜に一枚くれた。オレンジ色のデザイン性の高い名刺には、平の名前の上に代表取締役とある。受け取った名刺をカウンターに置いて、茜も自分の名刺を彼に差し出した。

「私はこの近くの事務所で税理士をしているんです」

「税理士！　ああ～もっと早く知ってればなぁ。千葉に頼んだのに！」

ちょっとオーバーリアクションで残念そうにする彼の中に、学生時代の面影がある。

茜は「ふふふ」と笑いながら、機会がありましたらぜひと付け加えた。

「千葉は元気にしてた？　俺、千葉がうちの大学に来ると思って期待してたんだけどな？　結局、どこに行ったの？」

平が進学した大学は、茜も志望校のひとつに入れていた時期があったし、学力的にも充分合格圏内だったのだが、隆人と離れたくなくて、彼が希望していた地元の旧帝大に揃って入学したのだ。志望校を決めるときに、参考程度に一度、平に話を聞いたことがあったから、彼はそれを覚えていたのだろう。

茜は少し微笑んで、「実家から通える大学にしたんです」と言った。

「税理士だったら忙しくしてるんだろう？」

「雇われ税理士ですけれどね。まぁ、程々にはお仕事させていただいています」

「結婚したの？」

左手の薬指に光る結婚指輪を見つけたのか、平が目を細める。

茜の記憶では、隆人と平はそんなに親しくなかった。茜は二年から生徒会役員を引き受けていたが、隆人が生徒会役員をやりはじめたのは三年になってから。ちなみに、経験者の茜が会長で、隆人が副会長だった。だから平と隆人は、引き継ぎのときに二、三回会った程度の仲だったはずだ。隆人と結婚したと話しても、彼が隆人のことを覚えているかはわからない。

茜は指輪を軽くさすって、小さく頷いた。

「ええ」

「結婚してるのに、ひとりで飲み歩いてるのか？」

咎《とが》める口調ではないものの、少し内側を探ってくるような言い方だ。どこか試されているようでもある。

「今日は主人の帰りが遅いので……」

「どうした？　旦那とうまくいってないのか？」

まさかそんなことを聞かれるとは思っておらず、面喰らって言葉に詰まる。そんな茜をどう思ったのかはわからないが、平は少し笑った。

「でっかいため息ついてたぞ～？」

「っ！」

思わず自分の口を手で押さえた。何度もため息をついていた自覚はある。それを平に見られていたのか。気恥ずかしくて、居た堪れない。

黙る茜に、平は頬杖を突いて首を傾げた。

「悩み事？　なにかあったのか？　俺でよかったら話を聞くよ」

優しくそう言ってもらって、ありがたいし、嬉しいのだが、平にはとても相談できない。いや、平でなくても、誰にも……。夫を喜ばせようと、派手で破廉恥な下着を黙ってネット通販し、試着していたところを夫に見られて軽蔑されたなんて――自分で自分の傷口に塩を塗りたくるようなものではないか。それに、平に今、配偶者やパートナーがいないとも限らない。自分の嫌う、〝相談女〟のような真似はしたくなかった。

「いえいえ。本当に大丈夫なんです」

「本当に？　そうは見えないけどな」

勘がいいと言うべきか、平は茜の言う「大丈夫」を信じる気はないらしい。実際問題、茜が悩んでいることには変わりないから、彼はそれを感じ取ったのだろう。

久しぶりに会った後輩を気遣ってくれる彼の優しさに、茜は微笑んで小さく頭を下げた。

「……ご心配いただいてありがとうございます。でも、これは私が自分で解決しなくてはいけない問題なので」

「ふーん?」

うまく誤魔化せただろうか?　しかし、モヒートをひと口飲んだ平は、茜を探るように見つめてくるのだ。

「千葉、今、幸せか?」

「し、幸せですよ」

強調するように語気を強める。

幸せだ。長年好きだった隆人と結婚できたのだから。今は確かに心の整理がついていなくて落ち着かない状態だけど、隆人に直接何かを言われたわけではない。

(そ、そうよ……隆人は、あんなことで私を嫌わない…………たぶん……)

バーのママだってそう言ってくれたじゃないか。自分達には二十九年の友達としてやってきた歴史がある。あんなくだらないことで壊れる関係ではないはずだ。

子供の頃から一緒にいて、もちろん何度か喧嘩のようになったこともあったけれど、すぐに仲直りできていた。どちらかが「ごめん」と言えば、それで終わったのだ。

「あの下着は隆人を喜ばせたくて買ったんだけど……」と、自分からひと言言えばいいだけ。そんなことはわかっている。でも、それができない。

隆人の反応が怖い。原因はくだらないことのはずなのに、性的に——女として軽蔑されたかもしれないと思うと、怖くて切り出すことすらできないのだ。

友達としては許せても、妻としては許せない……なんてことがあるかもしれない。

でも、それをこの人に言ってどうなるというのだろう？　平だけでなく、他の誰に相談しても意味はない。隆人のくれる答え以外、意味なんてないのだ。

「幸せならいいんだ」

そう言ってもらえて、どこかホッとする。

一度言葉を切った平は、ゆっくりと口を開いた。

「でも、もし——もしも、千葉が幸せじゃないなら、俺とのことも考えてみてくれないか？」

「え？」

なにを言われたのか瞬時に理解することができなくて、素で聞き返す。すると彼は、照れくさそうに笑った。

「俺、実は高校時代、千葉のことが好きだったんだよね」

「ええっ⁉」

想像すらしていなかったことに面喰らって仰け反る。高校時代、彼はそんな素振りなんて一度も見せたことがなかった。茜だって彼のことは、恋愛感情抜きに、純粋に尊敬できるよき先輩としか思っていなかったのに。

「まぁ、あの頃の俺は初心《うぶ》だったたってことかな。今なら言える。どうかな？　俺と付き合ってみない？」

茜は軽く目眩《めまい》を覚えて額を押さえた。

「昔好きだった」と話の流れで教えてもらえるのは嬉しいが、そこに「付き合ってみない？」までついてくると事情が変わってくる。可愛い思い出話が、たったひと言で可愛いものではなくなってしまうではないか。

「あ、あの、先輩？　先ほどもお話ししましたが、私、結婚しているんですけど……」

「結婚しているかどうかは関係ないよ。千葉が旦那のことをどう思っているか、旦那が千葉のことをどう思っているか、だ。所詮夫婦なんてものは書類上の関係だからね。状態と感情は別物だ」

「っ!!」

茜達夫婦が、お互いが好き合って結婚したわけではないことを、まるで見抜いているかのような平の言い草だ。彼はなにも知らないのに。

「ま、考えておいてよ」

平はカウンターに置かれていた自分の名刺の裏に、携帯の番号を書き込むと、スマートにチェックをすませて店を出ていった。

「お知り合いだった?」

平を玄関まで見送ったトシコが、カウンターを回って茜の向かいに来る。

「ええ。高校時代の先輩で——」

平の名刺を手に取って眺めながら、茜は小さくため息をついた。

ショックだった。

「結婚しているかどうかは関係ない」なんて、まるで浮気を唆《そそのか》すようなことを、彼が自分に言ってきたという事実が、どうしようもなく茜を落胆させる。

(私、浮気するような女に見られたのかな……)

それともスキがあったのだろうか。

「——いい先輩だったんだけどなぁ」

思い出を土足で踏みにじられたような、そんなやるせなさを感じる。平はこの十数年の間で変わってしまったのか。それとも、もともとこういう人だったのか。それすら茜はわからない。こんなことなら再会などしたくなかった。そうすれば平は茜の中で、よき先輩のままだったのに。

「トシコさん。悪いけどこの名刺、処分してもらえる?」

貰ったばかりの平の名刺を手渡す。この店で処分してもらうのが一番人目につかなくていい。平に連絡することはない。茜が考えるべきは、隆人とのこれからだけだ。

トシコは苦笑いして、「忘れ物は処分する方針だから仕方ないわね」とゴミ箱に捨ててくれた。

「ありがとう。チェックお願いします」

「ゴメンね。実はさっきの人から茜ちゃんの分ももらってるのよ……」

困ったようにトシコが眉を下げる。平が茜の分も払うと言ったら、従業員であるトシコは黙って受け取るしかない。しかし、平に奢られるのも茜の本意ではない。

「自分の分は自分で払うわ。あの人がまた来たら、返しておいてくれない？」

「わかった。そうするわね」

トシコにお金を払って店をあとにする。

（ああ……どうしよう。しばらく行きにくいな）

平に連絡する気はないが、また店で会うのは面倒だ。しばらくリップスティックには立ち寄れない。

居場所を失った気分になりながら、茜はトボトボとひとりでマンションに帰った。

◆　◇　◆

「ただいま」

深夜に帰宅した隆人は、小さな声で呼びかけた。が、返事は返ってこない。茜の出迎えを期待していたわけではないが、やはり少し寂しいものがある。

リビングダイニングに入ると、小さな豆電球の灯りの下にラップされたおかずが二品、置いてある。今日はシャケのムニエルとサラダのようだ。皿に移すときに失敗したのだろう。シャケの身がだいぶ崩れている。可愛い失敗に頰が緩む。

コンロに置いてあった鍋には味噌汁。味見をしたら少し味が薄い。味噌を足すこともできたのだが、隆人は温めなおすだけにした。

(だいぶマシになってきたな。茜の料理)

油断すると必殺アレンジが施されていたりするが、それも二回に一回の割合に減った。上々だ。

食事を終えてシャワーを浴びる。

寝る支度を整えた隆人は、寝室のドアをゆっくりと開けた。朧気な灯りの中で、茜がスヤスヤと寝息を立てている。その隣に身体を横たえて、彼女の横顔をじっと見つめた。

最近、茜とまともに話をしていない。十二月に入ってそれは顕著になった。

あの下着の一件以来、茜がどこか余所余所しい。余程恥ずかしかったのだろう。こんなに尾を引くとは思わなかった。

　隆人も隆人でプライドが高いものだから、「あのときドアを閉めたのは、鼻血が出そうだったから……ってか出たから」なんて言えない。おまけに事務所の繁忙期まではじまって、茜との帰宅の時間すら合わなくなってきた。茜も仕事で疲れているだろうし、自分を待たせておくのも気が引ける。こんなとき、せめてランチだけでも一緒にできたらいいのだが、思い通りにならなくて、すれ違いに拍車がかかる。

（茜……）

　起こさないように気を付けながら、そっと茜を抱きしめる。柔らかくてあたたかい。優しい匂いがする。彼女の首筋に額を擦り付けて、隆人は小さく息を吐いた。

　どうしてこんなことになったんだろう？　下着の一件がきっかけになったのは明白なのだが、喧嘩しているわけでもないから、謝ることもできなくて、お互いに気を使い合って不自然な感じだ。ちゃんと話したいのにそれすらできていない。でもこのままではいけないという思いもある。

（よし、イブは早めに仕事を切り上げて家に帰ろう）

　今年のクリスマスが、ふたりで過ごす初めてのクリスマスになる。繁忙期だが、イブくらい家でゆっくりと茜とふたりっきりの時間を過ごしてもバチは当たらないだろう。今のスケジュールなら、頑張ればなんとかなるはずだ。明日にでも話せばいい。が、少し考えて隆人は思い直した。

（ま、帰る場所は同じなんだし、いいか。言わなくても）

サプライズ的に、驚かせるのもありかもしれない。

イブまでに、この変な空気を取り払ってしまえるのがベストなのだが……

（茜、愛してるよ。おやすみ）

柔らかい茜の頬にキスをして、隆人は彼女を抱きしめたまま眠った。

◆　◇　◆

茜が平と再会してから、二週間近くが経った。

今日はクリスマス・イブだというのに、茜と隆人の空気は未だにぎこちないままだ。茜は隆人に、平と再会したことを話していなかった。毎日深夜帰りの隆人に、そんなどうでもいいことを話すのも憚られる。

「新堂センセ。頼まれていた仕分け終わりました〜」

舞美もこの忙しさの中では戦力だ。彼女からファイルを受け取った隆人は、バタバタしながら財布を出した。

「ありがとう。悪いな石川、コンビニで弁当買ってきてくれない？　なんでもいいや」

隆人が頼むと、向かいの席で奥村も手を上げる。

「舞美ちゃん、ごめん。僕のもお願い。今日の夜は絶対早く上がるからね！　レストラン予約してるからね！　一緒に行こうね！」

「はいはい〜。わかってますよ〜」

お金を受け取った舞美が事務所を出ていく。隆人の下についている奥村も相当な忙しさのようだ。夜に舞美とデートするために、昼を返上して仕事をするつもりなのだろう。

「お昼行ってきます」

茜はランチに行くために席を立った。オフィスの外に出て、小さく息をつく。

（いいな。デート……）

今日はイブだけれど、隆人からはなにも聞いていない。忙しすぎてクリスマスどころではないのだろう。恋人なら「クリスマス、一緒に過ごしたいな」なんて可愛い我が儘も許されるのかもしれないが、夫を支えるべき立場の妻が、同じことを言ったら理解がなさすぎる。

本当は茜も隆人の仕事を手伝いたいけれど、茜は茜で担当している企業の年末調整業務があるからそれもできない。できるのは、家で夕飯を作っておくことくらいだ。

（そうだわ。今日はクリスマスっぽい料理を作ろう！）

最近は新しいキッチンにも慣れて、焦がすこともなくなったし、多少、難易度が高い料理に挑んでも大丈夫だろう。練習なんかしていないが。

いつもの個人中華料理店に入って、手早くランチを済ませる。事務所に戻ろうと歩いていると、ポツポツと雨が降ってきた。

（あら、通り雨かしら？　急がなきゃ！）

天気予報では雨なんて言ってなかったのに。傘を持っていない茜は、小走りでオフィスに駆け込んだ。エレベーターで事務所がある階に上がる。

「――新堂センセ。クリスマスは千葉センセとラブラブに過ごすんですか？」

事務所の中から、舞美の特徴的な甘ったるい声がする。ドアを開けようとしていた茜は思わず手を止めた。

「おふたりって、ずっと付き合ってるんですよね？　どんな恋愛だったんですか？」

奥村の声もする。どうやら三人一緒に話をしているらしい。食後の一服――というところだろうか。行儀の悪いことだとわかりながらも、隆人がなんと答えるのか気になって、聞き耳を立てる。すると、隆人のなんでもない声がした。

「別に。俺らは惚れた腫れたの大恋愛でもないし、ずっと付き合ってたわけでもない。そろそろ結婚するかって、残り者同士が結婚しただけだよ。ラブラブって……あのなぁ、長いこと一緒にいれば、お互いが空気みたいなもんになるんだよ。幼なじみってそういうもんなの。わかったらさっさと仕事、仕事！　おまえら今日は早く帰りたいんだろ？　レストランの予約がパーになるぞ」

「はーい」

（…………）

静かに立ち尽くしたまま、茜は表情を硬くした。

確かに自分達は恋愛関係だったわけでもないし、付き合っていたわけでもない。〝残り者同士〟だ。隆人の言ったことはなにひとつ間違いではない。なのに、ショックだった。

彼にとって自分は、空気のような、いてもいなくてもどうでもいい存在なのか。こんなに……、こんなに彼のことを愛しているのは、自分だけなのか。

長年彼に恋してきた気持ちと、彼と築いてきた二十数年の関係が、〝空気〟のひと言で片付けられたことに胸が軋む。

隆人が妥協で自分と結婚したことなんかわかっていたけれど、それでも「残り者同士が結婚しただけ」だなんて、口にしてほしくなかった。彼に愛がなくても、せめて「幼なじみだから、お互いにわかり合っているから結婚したんだ」と言ってほしかった……

頬にぽろっと雫が流れてきて、茜は慌てて顔を押さえた。

事務所で泣くなんてあり得ない！　こんなところを人に見られでもしたらなんて言われるか。茜はレストルームに駆け込むと、ガチャンと個室に鍵を掛けた。ドアに背中を預けて、目を見開いて天井を見つめる。

（泣かないの。泣いてどうするの？　隆人は嘘なんかついてないじゃない。全部、本当のことじゃない……)

そう自分に言い聞かせながらも、茜はしばらく声を押し殺して泣いていた。

十九時に仕事を終えた茜は、駅までの道のりをひとりでトボトボと歩いていた。

街中を彩るイルミネーションとクリスマスソングが、虚しさを増長させる。

隆人はまだ仕事中。奥村と舞美は定時で上がっていたから、ふたりを早く帰すために、隆人が残りの作業を全部引き受けたのだろう。忙しそうにしている彼を見たら、今日は何時に上がるつもりなのかも聞けなかった。

(はー。帰ってもひとり……か)

こんなときは、リップスティックに寄って、ママ達と話せば気が紛れたのに、また平と鉢合わせしてしまうかもしれないと思うと、足が遠のく。かと言って、家にも帰りたくない。今ひとりになったら、大泣きしてしまいそうだ。

〝残り者同士〟〝空気〟——隆人の言葉が耳にこびりついて離れない。

サンタのコスプレをした若い男の子が、改札の横でケーキを売っている。その前を通り過ぎた繁華街の入り口の壁に、映画の巨大ポスターが貼ってあるのが目に入った。

(ああ、これ隆人と観に行こうって約束した……)

何年か前に隆人と一緒に観た、青春ラブストーリーの続編がはじまっているらしい。この映画を気に入った彼が、ＤＶＤまで買っていたっけ。

いつの間にはじまっていたのだろう。気付かなかった。どうせ隆人も続編を観に行こうと言った約束なんて忘れている。〝空気〟のような幼なじみとの約束なんか――

もう、ひとりで観てやろう。映画を観ていれば気が紛れるかもしれない。

茜はふらっと映画館に入っていった。

◆　◇　◆

「よし、終わった！」

茜に遅れること三十分。書類の束を片付けた隆人は、パソコンのデータを保存して、シャットダウンさせた。時計を見ると十九時三十分。十八時の定時は過ぎているが、ここひと月あまりが深夜帰りだったことを考えると、今日はずいぶんと早く帰れそうだ。

外に出れば、今日はクリスマス・イブということもあるだろうが、やたらとカップルが目に付く。

駅まで早歩きで向かうと、改札の横でサンタのコスプレをした兄ちゃんが、ケーキを売っているのを見つけた。茜とふたりで食べるのに、ホールケーキは多すぎるのではないかとも思ったのだが、見ると〝ふたりで食べるのにピッタリ〟というPOPと共に、三号サイズのケーキを売っているではないか。

(買っていくかな、ケーキ)

なにせ、茜と迎えるはじめてのクリスマスなのだ。ケーキくらいあってもいいだろう。

隆人はイチゴと生クリームが載った三号サイズのケーキをひとつ買うと、ちょうど来た電車に急いで乗り込んだ。

混み合った車内で、買ったばかりのケーキの箱を見下ろしてひとりでほくそ笑む。このケーキを茜は喜んでくれるだろうか……?

(大丈夫。茜なら、喜んでくれるだろ)

今日こそはちゃんと話をして、あの変な空気を払拭したい。これからもずっと一緒にいたいから——

「ただいま!」

帰宅して、声を掛けながら玄関を開ける。が、返事がない。そして灯りもついていない。

「茜?」

玄関や廊下、ダイニングキッチンの電気をつけて回る。寝室やバスルームも覗いたが茜の姿が見えない。彼女は先に帰ったはずなのに。

(買い物か?)

あり得る。隆人が事務所を出たのが茜の三十分後。彼女がスーパーに寄っているなら、隆人のほうが先に家についていても不思議ではない。

鞄を床に置いて、ケーキを冷蔵庫に入れた隆人は、スマートフォンで茜に電話をかけた。ケーキならもう買ったよと、言わなくてはと思ったのだ。

「おかけになった電話は、電源が入っていないか、電波の届かないところにあるため、かかりません」

「ん？」

呼び出し音もなく、いきなり流れてきたキャリアの音声ガイダンスに、首を捻る。電源が入っていない？　電波が届かないだって？　こんなことは初めてだ。茜はスマートフォンの充電はマメにするほうだし、バッテリー切れというのはまず考えられない。山奥でもあるまいし、都心の住宅街で電波が届かない場所なんてあるだろうか？

考えられるのは、茜が自分でスマートフォンの電源を切っているということ――

（いや、まさかな……。もう一回かけてみよう）

再度、茜に電話をかけるが繋がらない。メッセージアプリにもメッセージを送ってみたが、いつまで経っても既読にならないのだ。

隆人の中で急激な焦りが生まれた。

（事故？）

もしもの可能性が脳裏をよぎる。事務所からの帰宅ルートで事故があれば、三十分後に同じルートを辿って帰宅した自分が気付かないわけがない。ということは、最寄り駅からスーパーまでの道のりでなにかあったのかもしれない。

隆人はすぐさま家を飛び出した。よく行くスーパーに走って向かう。が、なにか事故が起こったような形跡はなく、スムーズにスーパーまで到着した。一応、店内に茜がいないか確認したが、その姿はない。

もう一度、茜に電話をかける。が、ガイダンスが流れるのは同じだ。事故の線は消えたことに胸を撫で下ろすが、茜と連絡が取れないことには変わりない。

(入れ違いになったか?)

再び自宅に戻るが、茜が帰宅した形跡はない。隆人はリビングに立ち尽くしたまま、茜の行動パターンを考えた。

(茜が行くところといったら、リップスティックしかないな。今日も俺の帰りが遅いと思って店で飲んでるとか?)

これは事故よりもありそうだ。

リップスティックに電話をとも考えたが、最近残業続きで、店にまったく立ち寄っていない。茜が飲んでいるなら一緒に飲むのもいいだろう。どうせ電車で一駅だ。そう思った隆人は、リップスティックに直接向かった。

リップスティックは事務所の最寄り駅付近にある繁華街の中にある。

地下にあるアンティークなドアを開けると、店内の中央に大きなクリスマス・ツリーが飾られているのが一番に目に入った。

「いらっしゃい。たかちゃん。久しぶりね。お仕事は落ち着いた？」

いやに色っぽいサンタのコスプレをしたマリコが出迎えてくれる。今日のスタッフは全員、サンタかトナカイのコスプレだ。

「マリコさん、こんばんは。繁忙期はまだ抜けないけど、今日くらいはと思って」

話しながら店に入り、店内を見渡す。ボックス席にはパーティー中のグループ客がいる。全員が全員、女装した男なのは独特のオーラと骨格で一目瞭然《いちもくりょうぜん》だ。おそらくマリコの友人たちだろう。そしてカウンター席にひとり、スーツ姿の男がいる。女装した男達の中で、彼の姿は浮いていた。

茜はいない。今度こそ入れ違いだろうか？　そうは思いつつも、念のためにマリコに聞いた。

「マリコさん、今日、茜は来なかった？」

「茜ちゃん？　来てないわよ？」

「……来て、ない……？」

「なぁに？　うちで待ち合わせでもしてたの？　相変わらず仲いいのね」

そう言ってマリコは微笑むが、隆人の表情は強張っていく。

(茜、どこに行った？　どうして電話が繋がらない？)

猛烈にいやな予感がする。考えないようにしていたが、茜が自分の意思でスマートフォンの電源を切り、隆人《じぶん》を避けているのだとしたら――

「あれ？　新堂じゃないか？」

「？」

いきなり呼ばれて、声のほうに視線を向ける。カウンター席に座り、こちらを向いてグラスを掲げる男には見覚えがあった。

「平先輩……ですか？」

「そうだよ！　覚えててくれたか。いやー懐かしいなぁ」

顔をくしゃくしゃにして笑う平に聞こえないように、鋭く舌打ちをする。

忘れるわけがない。あの男は高二の頃にできた茜の初めての彼氏だ。ひとつ年上で、三年当時生徒会長をしていた。生徒会で書記をしていた茜に手を出して、周りに見せ付けるようにちょくちょく彼女を家まで送ってきた嫌味な男。あの頃よりは老けたが、それでも顔が整っていることには変わりない。隆人は昔からこの男が嫌いだ。一時でも、茜が選んだ男だから。

(まぁ、でも、茜に相手にされずに別れてるんだから……)

とは思いつつも、当時のむしゃくしゃした気持ちが蘇ってきて、正直苛立つ。とっとと話を切り上げて茜を捜しに行こう。こんな男に構っている暇はない。

「じゃあ、俺は――」

「この前さ、この店で千葉にも会ったんだよ」

同時に口を開いた平の言葉に、思わず口を噤む。彼は既に酒が入っているせいか、機嫌良さそうに話しはじめた。

「千葉って、千葉茜ね。覚えてる？　俺の後釜《あとがま》の生徒会長ね。久しぶりに会ったけどめちゃくちゃ綺麗になってたなぁ。当時も美少女だったけど、今は美女って感じでさ。彼女、今税理士をしてるんだって」

聞いてない。平と再会したなんて話は、茜から一切聞いていない。ふたりで会った？　もしかして、内緒にされていた？　茜はこの男と会って、なにを話したというのだろう。また、ここで会う約束でもしたのか？

隆人の表情が険しくなっていくことには気付かないのか、平は尚も饒舌《じょうぜつ》に話を続けた。

「千葉、結婚したんだって。おまえ知ってた？　でもさー、なんか旦那とうまくいってなさそうなんだよね」

ピクッと眉根が寄る。

（……俺とうまくいってないって……茜がそう言ったのか……？）

　確かにここひと月半程は忙しさもあって、ぎこちない雰囲気だったことは認めよう。それをこの男に相談したのか？　茜が？　自分達夫婦のことを？　元彼だから？

　この男は昔の男だ。身体の関係もなかった。付き合っていた期間もたかが知れている。そうはわかっているのに、一時でも茜が自分以外の男を頼りにしたと思うと、胸の中にどす黒い物がじわりと広がっていくのをとめられない。

「ひとりで寂しそうだったしさー。人妻になっちゃってたけど、昔を思い出してさ。口説いてみたんだよね。俺と付き合ってみないって――」

　隆人はツカツカと平に歩み寄ると、ご機嫌な彼の耳元で怒鳴りつけた。

「ふざけんな！　茜の旦那は俺だよ！　人の女房を口説いてんじゃねぇよ!!」

　驚いた平が間抜けにもグラスを手から滑り落として、ガシャンと盛大に割る。隆人が不機嫌に舌打ちすると、マリコが雄々しい声で平に迫った。

「ちょっとお客さん。困るんですよねぇ、ウチの店でそういうことしてもらっちゃ」

　サンタのコスプレをしているものの、マリコの声は完全に男になっていて、目元からもいつもの穏やかさが消えている。ボックス席で盛り上がっていた女装したお客らが「どうした？　どうした？」と、平の周りに群がってきた。

「このお客さんが、うちの常連さんの奥さんにちょっかい掛けたみたいなのよ」

「あらまぁ～ナンパ？　ワタシ達がお相手するのにぃ～～」

「いや～ん。お兄さん、よく見たら可愛い顔してるじゃないの～女より可愛いわぁ～」

「そうだ！　ワタシ達がメイクしてあげるわ！　本物の女より可愛くなれるわよぉ～」

「ヒッ！」

女装男子に取り囲まれて酔いが醒めたのか、平の顔が青白くなっていく。彼ら――いや、彼女らは、持参したメイク道具を手に、一斉に平に襲いかかった。

「う、うわっ、やめろ！　やめろって！　ちょ、ま、たす、助け、うぎゃ――――ッ」

場外乱闘のように揉みくちゃにされ、情けなく悲鳴を上げる平を見て、「ザマァ見ろ」と心の中で舌を出す。綺麗に化粧してもらって、鏡の中の自分でもナンパしていればいい。

隆人が店を出ようとすると、カウンターからトナカイの格好をしたトシコが走ってきた。

「たかちゃん、茜ちゃんを捜してるの？　どうしたの？　喧嘩でもした？」

「いや、そういうわけでもないんだけど……」

どうにも言葉に詰まる。喧嘩などしていない。先に帰ったはずの茜が家にいない。茜がいないだけで、捜して走り回っている自分がいる。それをうまく説明できない。

黙る隆人にトシコは微笑んで、そっと囁いてきた。

「茜ちゃんは確かにあのお客さんと話してたけど、それは思い出話だけ。あのお客さんが口説いてきたら、茜ちゃんはちゃんと断ってたわ。なのに、あのお客さんが勝手に携帯番号を書いた名刺を押し付けたの。でも茜ちゃんはその名刺を捨てたのよ。だから茜ちゃんを信じてあげて」

　トシコの言葉を聞いて、胸のつかえが少し取れる。

「ありがとう、トシコさん。また今度、茜と来るから！」

　そう言って、隆人は店から出た。

（捜そう。茜を）

　とは思うものの、正直、この店以外に茜の行きそうなところに心当たりはない。でも捜すしかない。なにより隆人自身が、茜に会いたい。彼女の顔を見ないと落ち着かない。

　繁華街を、茜を探しながら駅方向に走る。本屋、ハンバーガーショップ、茜が使っている化粧品ショップ……目につく度に中を覗くが求める姿はない。もうすぐ駅に着くというところで、繁華街の壁に映画の巨大ポスターが貼ってあるのが目に入った。

（これ……前に茜と観た映画の……）

　続編がいつの間にかはじまっていたらしい。茜が、続編を一緒に観ようと言っていたのを思い出して映画館の中に入る。イブということもあってか、チケット売り場はがら空きだ。

　タイミング的にちょうど映画が終わったらしく、中からパラパラと人が出てくる。その中に、隆人は愛妻の姿を見つけた。

◆　◇　◆

(いい映画だったわ)

一時間三十五分の映画を観終わった茜は、満足して映画館の座席を立った。

お約束ながらも安定したストーリーは観ていてとても安心する。ハラハラドキドキの展開もいいが、今の茜に必要なのは安心感だ。昂ぶった気持ちを穏やかにすることが——

「茜ッ!」

突然耳に刺さった呼び声に、その場に立ち止まる。

隆人がいた。

(どうして、ここに?)

彼は今日も残業ではなかったのか。

走っていたのだろうか、コートが手放せないくらいに寒いのに、隆人の額には汗が浮いている。そして、なぜか鞄がない。

茜が微動だにせずにいると、痺れを切らしたのか、隆人のほうから近付いてきた。

「なにしてんだよ、おまえは!」

開口一番に怒鳴られて、ビクッと身体を強張らせる。隆人は深く眉間に皺を寄せて、激しい怒りをあらわにしてきた。

「家に帰っても、先に帰ったはずのおまえがいない。電話しても繋がらない。どこ捜してもいない！　事故に遭ったのかと思って心配した！」

「！」

隆人はもう、一度家に帰っていたのか。最近ずっと深夜帰りだったから、今日もてっきりそうだと思っていたのだが、違ったらしい。もしかして、走り回って捜してくれていたのか。

思わず「ごめん」と謝りそうになった口を、茜は噤んだ。

「……今日、早いって言わなかったじゃない」

同じ家、同じ職場にいるんだ、言う時間ならあったはず。いくら同じ職場でも、お互い違う案件を担当しているのだから、隆人の仕事のスケジュールなんて、言ってくれなくてはわかりっこない。

茜が恨みがましくじっとりと隆人を睨みつけると、彼がムッとしたのがわかった。

「……クリスマスなんだ。今日くらい早く上がる」

「言わなきゃわからないわ。あなたが遅いと思ったから、私は映画を観てたの」

「だったらおまえこそ言えよ！　連絡の一本でも入れろよ！　おまえを捜して、俺がどれだけ走り回ったと思ってるんだ！」

「………………」

心配かけたのは悪かったと思う。でも、茜にだって言い分はある。

「おまえ、平先輩に会ったんだってな？　告白されたって？　俺はなにも聞いてないぞ」

「！」

言うつもりもなかったことを隆人が知っていた事実に驚いて、言葉に詰まる。どうして知っているのだろう？

茜を捜して走り回ったと言っていた。今日、リップスティックにも寄ったのかもしれない。そこで話を聞いたのか。そしてその話を聞いて怒っているのか？　そうだとしても、彼が怒る必要なんかないだろうに。

「……関係ないじゃない」

「なに？」

本気で意味がわかっていないらしい隆人が、眉根を寄せる。茜は自嘲気味《じちょうぎみ》に口元を歪めて、彼を見上げた。

「〝残り者同士〟で結婚した〝空気〟な幼なじみが、どこでなにしようと、誰に言い寄られようと、あなたには関係ないでしょう？」

「おまえ！」

聞かれていたとは思っていなかったのだろう。隆人の目があからさまに見開く。茜は肩に鞄を掛け直して、伏し目がちに隆人の横をスッと通り過ぎた。こんな痴話喧嘩、外でする話じゃない。イブに喧嘩かと、さっきからチラチラと人が見ている。

「……連絡しなかったのは悪かったわ。ごめんなさい。もういいでしょ？」

気を張っていないと、声が震えてしまう。

隆人の言葉をそのまま彼に向けるなんて、当てつけにも程があることは自分でもわかっている。でも、許せなかった。

他の誰でもない、隆人の言葉だったから――

「待てよ」

茜の腕を隆人が強く引っ張ってくる。

「聞けって！」

「離してよ！　離してってば！」

隆人の手から逃れようと、茜は懸命に身を捩った。

聞きたくない。これ以上はなにも聞きたくない。これ以上傷付きたくないと、自分の殻に閉じ籠もって自分を護る。が、隆人は離してくれない。それどころか、隆人の手におもいっきり引っ張られて脚が縺れる。よろけた茜の身体は隆人に抱きとめられて、そのままキスされていた。

「んっ――！　んっ――！」

無理やり口をこじ開けられて、舌を口内にねじ込まれる。拳で胸を叩いたが、隆人はや

めてくれない。隆人の舌は茜の舌を吸い上げ、搦め捕るように巻きついていく。抵抗の声も、呼吸も、なにもかも奪い尽くすような激しいキス。

「は……」

ようやく唇が離れたときにそのまま抱き込まれ、涙がこぼれた。

慣れ親しんだ体温と、落ち着く匂い。悔しいけれど、この男が好きな気持ちは、どうあっても自分の中から消えてくれないらしい。

「……ぅ、ひっう……なに、するのよ……ばか……ぐすっ……」

小さくしゃくり上げながら、悪態を吐く。隆人は茜の顔を自分の胸に押し付けて、周りから見えないようにしながら、ぎゅっと抱き込んできた。

「おまえが聞いてるとは思わなかった……悪かった。でも、おまえじゃない、まったく関係ない奴らに、『俺は昔からあいつが好きなんだ』なんて、言いたくなかったんだよ。わかれよ」

少し照れくさそうな隆人の声が、頭の上から聞こえてくる。彼の顔を見ようとしたが、強く抱き込まれて身動きが取れない。

茜はぐじゅっと洟《はな》を啜った。

「……嘘つき……私のこと、別に好きじゃないくせに……」

いろんな女と付き合ってきたくせに。いろんな女を愛してきたくせに。妥協で結婚したくせに……

今まで溜め込んできた苦い想いが、毒になってこぼれる。

隆人はしゃくり上げる茜の髪を丁寧に丁寧に撫でて、「はーっ」と息を吐いた。

「馬鹿言え……好きに決まってるだろ」

「うそ……」

「まぁ、……嘘だな」

「………」

また涙がこぼれる。やっぱりこの結婚は妥協だったんだ。わかってはいたけれど、ショックだ。

気休めに「好きだ」なんて言われたくない。こんなことになるなら、結婚なんかしなければよかった。彼を変わらず想っているだけだったら、いつまでも〝幼なじみ〟の距離で、近くにいられたのに……

茜が力なく拳で隆人の胸を叩くと、隆人が謝る。

「ごめんな、嘘ついた」

「……離してよ……ばか……」

離婚でもなんでもしてあげるから……この結婚から解放してあげるから……もう、これ以上傷付けないで。

「いやだ、離さない。愛してるからな」

「…………」

言われたことが正しく理解できずに、息がとまる。

動かない茜を、隆人はまた強く抱きしめてきた。

「愛してる、茜。愛してる……。好きじゃ足りないくらい、愛してる」

「…………」

甘い囁きが、じわりと茜の身体を熱くする。鼓動が一気に増した。

(ほ、本当に？　隆人が、私のこと……『愛してる』って言ったの？)

あれだけ欲しかった言葉をもらって嬉しいくせに、反面、傷付いていじけた心は、茜に憎まれ口を叩かせる。

「……私のこと、〝空気〟って言ったくせに……」

腕の中で、プイッとそっぽを向いた茜の髪を撫でながら、隆人は耳元に唇を寄せてきた。

「〝空気〟がなくなったら、人は死ぬんだけど、わかってる？　茜がいなくなったら俺は死ぬよ？」

「っ!!」

茜は隆人の胸に顔を押し付けた。

傷付けられたはずの言葉が、あっという間に真逆の意味になる。

〝自分には茜が必要だ〟と言われた気がして、次から次へと涙があふれてきた。

こんな、映画館ホールのど真ん中で恥ずかしいとわかっているのに、涙はとまらない。

隆人は何度も何度も繰り返し頭を撫でてくれた。

「ずっとおまえが好きだった。高二の頃、おまえに初めての彼氏ができたとき、本当にショックで……。でも言えなくて、当てつけみたいに俺も彼女作ってみたりして。馬鹿だろ」

「え？　なに言って……」

茜は思わず顔を上げた。

「恋人を作ったのは隆人が先でしょ？　私、泣いたんだから」

「は？」

ふたりして顔を見合わせる。どうにも話が食い違っている。隆人は茜が先に、茜は隆人が先に恋人を作ったと言うのだ。

「だって、おまえ……平先輩と付き合ってたろう？　平先輩が最初の彼氏じゃ――」

茜は、自分でも驚く程大きな声が出た。

「違うわよ！　平先輩とは付き合ってないわ！」

「はい？　よく一緒にいたろ？　ほら、何度も家に来たり……」

隆人が動揺しているのがわかる。でも、本当に平とは付き合っていなかったのだ。

「それは生徒会が同じだし、進路の相談に乗ってもらったり、勉強見てもらったりしてたから、遅くなったときに送ってもらったことはあるけど……それだけよ？」

「…………俺の……勘違い、か……？」

長い沈黙のあとで、隆人が「はぁー」っと息をつく。彼は茜の肩に額を押し当ててうな垂れた。

「俺、茜が俺以外の男を選んだと思って、告白してくれた子達と付き合ってみたけど、茜が好きな気持ちは変わらないから、茜を諦めきれなくて……。そんな気持ちだから、誰と付き合っても長続きしなかった。ずっと、ずっと茜だけを想ってた……」

隆人の告白に、胸が熱くなって、鼻の奥がツーンとしてくる。茜の目から再び涙がこぼれた。

「た、かと……私も、隆人が……ずっと好き……。隆人が他の子と付き合うの、すごくいやで……でも、隆人が好きになった子だし……なにも言えなくて……本当は、私……私……なんで私じゃ駄目なのって……。隆人と結婚、嬉しくて……でも、そう思ってるのは、私だけかなって思ったり……隆人は私で妥協したのかな……って」

長い間ずっと言えなかった言葉が、涙と共に堰《せき》を切ったようにあふれてくる。それを「うん、うん」と聞きながら、隆人が涙を拭ってくれた。

「妥協なんかあるわけないだろ。俺は茜だから結婚したんだ。俺は茜がいないと生きていけない。茜なしの人生なんか考えたこともない。側にいてくれよ、茜。ずっと俺の側に……愛してるんだ……」

「……うん……」

泣きながら頷く茜を抱きしめて、隆人は安心したような息をついた。

「俺達、ずっと遠回りしてたんだな」

どちらかがひと言、「好き」と気持ちを伝えていれば、すれ違わずに済んだのかもしれない。

意地になって、自分を取り繕って、それでも離れられずにここまで来てしまった。いや、離れられなかったこと自体が、もう答えなのかもしれない。

深いところで、ふたりはずっと繋がっていたのだ。

「茜、帰ろう？　俺達の家に」

頰を両手で挟みながら、コツンと額が重ねられる。腫れぼったくなった瞼を開けると、笑った彼と目が合った。それは、今まで見てきた中で、一番穏やかな表情《かお》。

「ん……」

隆人が手を握ってきて、そのままふたりして駅のほうに向かう。

手を繫いで歩くなんて、何年ぶりだろう？　もういい歳なのに。事務所の最寄り駅付近をこうやって歩くのは恥ずかしいのに。不思議と、離してほしいとは思わないのだ。

「今日はタクシーで帰ろう」

駅前のタクシー乗り場で拾った車に乗る。それでも隆人は手を離さない。

走りだした車の中で、茜は隆人の肩に凭れていた。泣き腫らした顔はひどいものだったかもしれないけれど、こうしているとホッとする。

彼は繋いだ茜の手の甲を親指で撫でながら、徐に口を開いた。

「……映画、あの続編を観てたのか？」

「ううん。違うやつ……」

初めは、隆人と約束していた映画を観ようと思って映画館に入った茜だが、チケットを買う直前で思い直して、結局、違う映画にしていたのだ。

愛する隆人との約束を意図的に破るなんて、茜にはとてもできなかった。それがどんなに些細なことでも……

「そっか……。正月休みにでも、時間作って行こうな。一緒に」

頷いて、うっすらと微笑む。すると隆人が、耳元に唇を寄せて囁いてきた。

「……ヤバイ。したくなった」

「!?」

いきなりなにを言いだすのかと、凭れていた頭を起こして目を丸くする。

自宅にタクシーが到着して、料金を支払った隆人に手を引かれた茜は、車を降りた。

玄関を開けて中に入ると、すぐに唇が奪われる。

なだれ込む。

「あん、たか——」

「茜、愛してる」

キスを交わしながら、鞄やコート、ジャケットを廊下に脱ぎ落としつつ寝室のベッドに

唇を合わせたまま、隆人はもどかしげに茜の身体をまさぐってきた。シャツを捲り、中に手を入れてブラを力任せに押し上げ、乳房を直接揉みしだく。隆人に触れられたのは久しぶりだ。

いつもはシャワーを浴びてからするのに、それすら待てないと言いたげな性急な愛撫から は、隆人がひどく興奮しているのが伝わってくる。その興奮は、彼の手を通して茜にも伝染した。

「んん、ぁ……あぁ……たかと……ああっ！」

隆人が剝き出しになった乳首に吸い付いてくる。乳房を揉みながら、ぷっくりと押し出された乳首を吸われると、お腹の奥がじくじくと疼いてしまう。隆人は指が食い込む程に強く乳房を摑み、反対の手でスカートを捲り上げて茜の脚を広げ、間に陣取ってきた。

スカートが腰までたくし上げられて、ガーターストッキングやベルト、そしてショーツまであらわになる。恥ずかしい格好なのに、隆人に覆い被さられた茜は、ベッドに磔《はりつけ》になったまま動けない。

半裸になった茜の身体にむしゃぶりつきながら、隆人は自分のベルトのバックルに手を掛けた。

「はぁ……はぁ……茜……」

息を荒らげた隆人が唇を求めてくるその裏で、カチャカチャと金属音が鳴る。

舌を絡めるキスは、茜の呼吸を乱し、頬を上気させる。久しぶりの性的な行為に、息が上がった。隆人に求められているという事実だけで、異常なまでに興奮するのだ。

スラックスの前を寛げた隆人は、パンパンに張り詰めた漲りを取り出し、茜のショーツのクロッチを引っ張るようにずらしてきた。

押し充てられた鈴口が割れ目を撫で上げ、ぬちょっとした音が鳴る。いつの間にか茜のそこはとろとろだ。隆人を求めて身体が泣いている。

「茜、悪い。もう我慢できない。挿れるぞ」

隆人がキスしながら、漲りに手を添えて蜜口に突き立ててくる。愛おしい男が、こんなになって自分を求めてくるのだ。いやなんて選択肢は茜の中に存在しない。

「ん……いいよ」

両手を隆人に伸ばして囁く。彼は生唾を呑んで喉を鳴らすと、またキスを深くした。ぺちゃぺちゃとお互いの舌を摺り合わせ、呼吸も吐息も混ぜ合わせる。

もっとひとつになりたい。もっと深いところで繋がりたい。

隆人は茜がいないと生きていけないと言ったが、それは茜も同じだ。今までの人生の中で、隆人がいなかった瞬間がない。いつも一緒にいたから、隆人がいない人生を知らない自分もまた、彼なしでは生きていけないだろうと茜は思う。

(隆人、好き……大好きよ……愛してる……)

茜が隆人の背中に手を回すと、ずずず……と中に彼が入ってくる。

どんなにあふれる程に濡れていても、久しぶりの行為だ。解されていない茜の中はひどく狭い。隆人は絡みついてくる肉襞を往復しながら小さく出し挿れして、中に中にと侵入してくる。

「んんん……あぅん……は…………」

摩擦熱がすごい。隆人の物の形までわかる。硬くて太い。中から広げられていくこの感覚が、隆人が自分の中に入ってくる感覚だと思うと、自然と満たされていく。

「あぁ……隆人……」

根元まで挿れられて、ひとつになれた安堵にホッと息をつく。それは隆人も同じらしく、茜の上にぴったりと重なって、胸に顔を埋めてきた。

「茜……」

目を閉じて安心した表情《かお》をする隆人が可愛くて愛おしい。茜はよしよしと、彼の頭を撫でてみた。

髪に指を差し込み、頭の形に沿ってゆっくり丁寧に撫でる。こうしていると落ち着く。少し抱きしめると、隆人は乳房を揉んでその先を吸ってきた。

ちゅぱちゅぱ……ちゅっ……

赤い舌を覗かせ、乳首を舐めて吸う。カリッと少しだけ歯を立てられたと思ったら、今度は乳暈まで吸い上げてお腹の奥がずくずくしてくる。蜜口がきゅっきゅっと締まって、隆人が声を漏らした。

「ああ、締まる……。茜の中、あったかくて気持ちいい」

そんなダイレクトな感想、恥ずかしい。でも嬉しい気持ちも確かにあって、蜜口がまた締まってしまう。

「ああ……茜……」

隆人は茜の乳房を吸ったり揉んだりしながら、腰を小さく揺すってきた。くち、くち……くちゃ……っと、粘着質ないやらしい音がしてくる。男と女の身体が交わって溶けていく音だ。中が擦られて息が上がる。

「ん……ぁは……ぁっ……」

茜が熱っぽい息を吐くと、乳房に齧り付いていた隆人が顔を上げた。彼が乳首から口を離すと、ねっとりとした唾液が糸を引く。

「茜、気持ちいいか?」

探るような視線に耐えかねて、茜のほうが目を逸らした。

そんな恥ずかしいこと、言えない。今までだって、どんなに気持ちよくなっても、それだけは一度も言ったことはなかったのに……

するとと隆人が笑った気配がした。

「俺だけ気持ちよくなっても仕方ないじゃないか。俺は茜を気持ちよくしたいのに」

隆人は茜の顔を見下ろしながら、乳首をクリクリと摘まんできた。

「ん……」

隆人にしゃぶられ、彼の唾液で濡れた乳首は、ツンと尖っている。そこを入念にこねくり回されたら、触られている処よりも、隆人を咥え込んでいる蜜口がヒクヒクと蠢いてしまう。それはまるで、「気持ちいい」と言っているみたいで——

「茜は素直じゃないな。身体はこんなに素直なのに」

「!!」

全てを見透かされているようで恥ずかしいのに、わかってもらえているのだと思うと、その恥ずかしさも違った意味で愛おしくなる。

視線を伏せて茜が頬を染めると、隆人が腰を少し揺すって身体を起こした。そして、ネクタイをしゅるりとほどく。衣擦れの音が気になって、少し視線を向けると、隆人が片手でシャツのボタンを外しているところだった。

男らしい首元があらわになっていく過程にドキドキする。隆人は上半身裸になると、また更にグッと腰を進めた。

「あんっ！」

不意に奥を突かれて、快感に仰け反る。隆人は茜の両足首を摑んで左右に広げながら、不敵に笑った。

「茜、一緒に気持ちよくなろうか」

言うなり腰を大きくグラインドさせて、隆人が奥に入ってくる。ぐちゃ……とした、生々しい音と共に、子宮口を突き上げられた茜は、悲鳴を上げて目を見開いた。

「ああっ！」

「ああ……気持ちいい……茜の中、ぐちょぐちょ」

隆人は茜の身体を貫く雄々しい肉棒を、思いのままに出し挿れしてきた。

揺さぶられる度に乳房がたぷんたぷんと揺れる。隆人はその揺れる乳房を気まぐれに揉みしだき、むしゃぶりついて弄ぶ。そうして、子宮の収縮と膣のうねりを愉しむのだ。

ずっぽりと奥まで挿れられたあそこは愛液で粘ついて、強引に開かされた脚は閉じることもできない。茜の身体は隆人のために開かれている。隆人だけが、この身体を好きにできるのだ。

（な、なにこれ……すごい……いっぱい隆人が入ってくる……奥がぁ……奥こんなに……）

「ぁあああ……」

もう入らない処まで来て子宮の入り口を鈴口で舐め回される。性的に支配される女の歓びに打ち震えて、淫らな雌の口から愛液がダラダラと涎のように垂れた。

引き抜くときには雁首で肉襞が擦られ、挿れるときには奥処《おくか》までしっかりと抉るように突き上げられる。しかも、愛液を掻き混ぜるように腰を回して、恥骨で蕾まで擦られてしまうのだ。

気持ちよすぎて、気が遠くなりそうになる。隆人の物を挿れられていると思うだけで、感じてしまう。

身体に纏わり付いた衣服は汗ばんで、茜の自由を奪う。けれども、そのことに対しても身体が悦んでしまい、中に埋められた彼の物をぎゅっぎゅっと扱き上げるのだ。

「ひ……ふ、ぅあ……」

「茜、ここが好きか?」

そう言った隆人が、親指で蕾をぬるんと撫でてきた。敏感な処を不意に触られて、目の前が快感で真っ白に染まる。

「ん、はぁう!」

思わず感じきった女の声を上げた茜の反応に気をよくしたのか、隆人は目を細めて腰を打ちつけてきた。

「か、かわいく、ないから……」

蕾を捏ね回しながら出し挿れされ、腰をビクビクさせながら悪態を吐く。感じているのに素直に気持ちいいと言えない、こんなに意地っ張りな自分が、可愛いわけがない。

けれども隆人は微笑んで、額を合わせてきた。

「可愛いよ。もうここまできたら、思ってること全部言うさ。俺はおまえを惚れさせる男になりたかった。そのために勉強も、仕事もやってきたようなものだから。でも結局、俺のほうが心底おまえに惚れてんだよ。惚れたら負けだってわかってるのに。おまえが可愛いから……」

軽く唇を合わせ、ギュッと抱きしめられる。

今まで見えなかった隆人の心の内側を、見せてもらった気がした。

(隆人、ずっとそう思ってくれていたの……?)

嬉しくて、自然に顔が綻んでいく。でも、ふと思い直す。

「私のほうが好きだと思う」

この気持ちは、隆人のくれる想いに絶対負けない。

自分のほうが〝好き〟の気持ちが大きいはずだ。ずっとずっと持ち続けてきた想いなのだから。

「茜、可愛い」

そうしたら、動きをとめた隆人が急に真顔になった。

「いや、どう考えても俺のほうが好きだろ。今日、俺がどれだけ走り回ったと思う？　本気で心配したんだからな。仕事が早く終わるのを言わなかったのだって、サプライズのつもりで……。ふたりで過ごす初めてのクリスマスだし、張り切ってケーキまで用意してる」

「私だって、隆人の歴代彼女達とプレゼントが被るかもって思ったらすごくいやで……、絶対に被らないプレゼントがしたかったの。それで、〝プレゼントは私〟をやろうと思って……。は、恥ずかしかったけど、頑張ってえっちな下着とか用意したんだから」

ふたりで「いーや、自分のほうが好きだ」と張り合っているうちに、顔を見合わせる。

茜が目を瞬くと、隆人が先にぷっと笑った。

「なんだよ。あの下着、俺へのプレゼントだったわけ？」

「ああ、もう、今の忘れて。お願い」

隆人に下着を試着していたところを見られたときの記憶が蘇って、胸が痛くなる。茜が両手で顔を覆うと、隆人がその手にキスしてきた。

「可愛い奴。今度、着てくれよ。あのえろい下着。すっごい好みだった」

「……うそ」

指の隙間から訝しげな視線を投げる。あのときの彼はあまりの破廉恥さに幻滅していたのでは？　だって、ドアまで閉めてきたではないか。

すると隆人は、恥ずかしそうに声を小さくした。

「いや、本当。ストライクすぎて鼻血出た……」

「〜〜〜っ」

好みだって？　鼻血ってまさか、ドアを閉めたのは鼻血が出たから？

茜がリアクションに困って悶絶していると、中に埋められていた隆人の物が急に大きくなった。

「やば……。茜のTバック姿を思い出したら興奮してきた」

「え、も、もぉ〜〜〜っ！　ああっんっ！」

いきなり抽送が再開して、感じさせられる。茜が顔を覆っていた手を退かすと、隆人が微笑んで唇を合わせてきた。

舌が絡むのと同時に、右手を握られる。指を絡めて握った手に力を込めながら、隆人が奥に奥にと入ってくるのだ。身体の奥にある好い処を突かれて、茜はまた濡れた。

「茜、茜……愛してる。俺にはおまえだけだ。一生離さないから覚悟しとけよ」

唇を触れ合わせたまま紡がれる囁きに、キスで応える。

（私もよ、隆人。愛してる。あなただけを愛してる。ずっと、ずっと、愛してるから）

キスして、隙間のない程ぴったりと身体を抱きしめ合って、快楽以上にお互いの存在に溺れる。

想い続けた男が、同じように自分を想ってくれていた。そしてその彼が、今こうして自分の中にいる。

決して離れることはないのだと思ったら、幸せで、心も身体も満たされていく——

「は——あぁう……あぁぁんっ！」

身体から力が抜けて、隆人のくれる快感に占拠される。気持ちいい。もうなにも考えられない。

隆人の抽送が激しくなって、恍惚に酔いしれた茜の身体を熱気が包む。愛液が滴り落ち、ショーツもよれよれだ。けれども淫らな肉襞だけは、隆人にねっとりとむしゃぶりついて離れない。肉棒の裏筋を媚肉が舐め回す。

痙攣した蜜路の締めつけが余程気持ちいいのか、彼も額に汗を浮かべて夢中で腰を打ちつけてくる。愛液を飛び散らせながら、ぬぷぬぷと沈み込み、茜の中を大きく掻き回す。

「茜、茜……うっ！」

隆人の呻き声と共に、グッと腰が掴まれる。隆人は鈴口を子宮口に押し付け、子宮に直接注ぎ込むかのように射精してきた。

自分の身体の一番奥で、何度も何度も隆人の物が跳ねているのがわかる。その度に出されているのだろう。いつもより、多い。お腹の中に圧迫感とは違う熱がたまっていく。

（ああ、すごい……私、中に出される……こんなにいっぱい……）

「は……あぁ……あぁぅ……あああぁ――……」

中に出される度に絶頂の波が襲ってきて、気持ちよくなってしまう。こんな快感を覚えたら、癖になる……

茜が恍惚の表情で目を閉じると、隆人が繋がったまま上に重なってくる。

繋いでいた手をぎゅっと握られて、茜も握り返した。

「茜、愛してる」

ぽつりと囁かれたひと言に、ゆっくりと目を開ける。

乳房の上に頬を乗せて、幸せそうな表情《かお》をしている隆人を見て、心が満たされていく。

「私もよ、隆人。愛してる……」

愛に愛を返す言葉が自然とこぼれた。

「じゃあ、引き分けかな」

上体を起こした隆人が、嬉しそうに微笑んでくる。

（私のほうが絶対に愛してるけどね）

心の中でそう付け足して、茜は彼にキスをした。

エピローグ

「ん……は……」

生暖かい吐息の陰で、くちゃっと濡れた音を立てて舌が絡む。茜の頰を包み込む熱い手は、隆人のものだ。彼は親指を小さく動かしてくる。少しくすぐったいその仕草は、茜の存在を確かめようとしているみたいだ。

「ん、ぁ……はぁ……んんっ！」

口内を舌でまさぐられてゾクゾクする。深いキスは茜からなにもかもを奪う。息苦しさを覚えて茜は唇を離したけれど、隆人は一秒と間を置かずに再度唇を合わせてきた。

（あ……また……）

重なった唇が離れない。舌と舌を摺り合わせ、絡み付き、吸い上げてくる。優しいけれど執拗なキスは終わりがない。しかも、さっきから抱き寄せられた腰に押し付けられている硬い物は、隆人のアレに違いなく……

くちゅっ、ちゅっ……ちゅ……

顔の角度を変えて、何度も何度も……何度も何度も何度も……繰り返されるキスに耐えかねて、茜は隆人の胸を拳で叩いた。

「んんん～～～っ、もうっ！」

唇が離れて、ようやく呼吸が自由になる。酸欠で顔を真っ赤にした茜は、キッと鋭く隆人を睨み付けた。

「いい加減に離してよ！　いつまでしてるのっ！　映画に遅れるじゃない！」

そう、繁忙期の中にわずかにある正月休みの今日は、結婚して初めてのデートなのだ。ふたりは以前から約束していた映画の続編をこれから観に行くことになっている。

メイクをして、髪も整えて、コートまで着て、出掛ける用意はすっかり整っているというのに、「いってきます」のキスがやたらと長い。しかも濃厚すぎて変に腰にくる。それに、あんなになった物を押し付けてくるなんて。

（なんなのもうっ！　こ、こういうキスはベッドでしてよね！）

そうしたら、「離して」なんて言わないで済むのに。茜だって、いやじゃないのに……

背を向けた茜が肩を怒らせて、ブツブツと口の中で文句をつぶやいていると、隆人がひょいっと顔を覗かせてきた。

「悪い。美人な嫁があんまり可愛くてな。なんかこう、ムラムラッとな」

（び、美人って……）

「知らないわよっ！」

「怒るなよ。美人が台無しだぞ」

「怒ってないってば！　もう、行くわよ！」

そう言った茜が、玄関に並べていたパンプスに足を通そうとしたとき、隆人が後ろから手を引っ張ってきた。バランスを崩した茜の身体は、そのまま隆人の胸にダイブすることになる。

「ちょっと！」

なにをするのかと茜が顔を上げると、あっと言う間に隆人にキスされる。

「んっ！」

唇が触れ合うだけの軽いキス。さっきの舌を絡めるそれとはまるで違う。けれども熱い。

隆人は唇を離すと、茜を抱きしめたまま真っ直ぐに見つめて、柔らかい表情で笑った。

「茜、愛してる」

「～～～～っ！」

クリスマス・イブの夜。素直になって二十九年来の気持ちを打ち明け合って以降、隆人の糖度が増した。それは、素直に気持ちを言葉で伝えてくれるようになった、というのが正しいのかもしれない。すれ違っていた期間、言えなかった言葉の全部を、彼は茜に伝えようとしてくれる。けれどもそれは、いきなり両手にいっぱいの花束を渡されたようで、茜にはキャパオーバーだ。同じように自分の気持ちを言葉で返したくても、慣れない愛の言葉をめいっぱい与えられてテンパってしまい、赤くなってなにも言えなくなってしまう。

結果——

「も、もももももうっ！　今から出掛けるのにっ！」

　素直になれないどころか、思いっきりどもる羽目になる。しかし、そんな茜の反応にも、隆人はお構いなしだ。

「いや、出掛ける前に俺の気持ちを言っとこうかなと思ってさ」

（言わなくったって知ってるってば。ばか……）

　心の中ではそう思いながらも、言葉を口に出してもらえるのは嬉しいので言えない。ただ、顔にどんどん熱が上がって、彼の目を見ていられなくなる。

　茜はそっぽを向いて小さな声でまごついた。

「わ、私だって……愛してるんだから……」

「え？　聞こえない」

　渾身の告白だったのにあっさりと聞き返されて、スルリと隆人の腕から逃げ出す。

（もうっ、何度も言ってあげないいんだから！）

「隆人！　もう時間ギリギリなんだから行くよ？」

「わかったわかった。ああー、やっぱり怒った顔も可愛いなぁ……さすが、俺の嫁」

「〜〜〜っ！」

甘い言葉を吐きすぎて、そのうち彼は虫歯になるに違いない。

真っ赤になったまま電車に乗って、職場近くの繁華街にある映画館へと向かう。正月休みに入っているので、家族連れが多い。チケット窓口にはだいぶ人が並んでいる。チケットは事前にネット予約しているので、自動券売機で発券をするだけなのだが、その自動券売機にも窓口程ではないにせよ、人が並んでいた。

「隆人、チケットの発券をお願いしてもいい？　私、ドリンク買ってくるから」

「わかった。俺、ホットコーヒーね」

「了解」

機械の操作は苦手だ。ふたりであれこれ分担するところは、今も昔も変わらない。

(えーっと、私もホットコーヒーにしようっと)

ホットコーヒーをふたつ、トレイに載せて隆人の元に向かう。そんな茜の目に、若いふたりの女の子に話しかけられている夫の姿が飛び込んできた。

(ええええっ!?　誰!?)

まったく知らない人である。

隆人は爽やかな笑顔を惜しみもなく振りまきながら、彼女達と話をしているのだ。

黙っていてもいい男なのに、あんなに愛想よく応対するから、女が寄ってくる。ほら、隆人に話しかけている女の子の目がハートになっているじゃないか。腹立たしい！

茜がツカツカと近付くと、こちらに向けた隆人の顔がまた綻んだ。

「茜、チケット取れたぞ」

さっきまで話していた女の子らを置き去りにして、チケット片手にこちらに歩いてくる。そんな隆人の背後から女の子らに睨まれて、茜は内心ムッとしながら彼に尋ねた。

「誰？　知り合い？」

隆人は茜の手からトレイを引き受けつつ、「いや」と軽く言った。

「知らないよ。なんか友達三人で映画観る予定だったけど、一人来られなくなったんだと。チケット余ってるし、一緒に観ないかって誘われたんだ。断ったけどな」

（ナンパされてたの⁉）

発券が思いの外早く終わり、柱に凭れて待っていたところに話しかけられたらしい。目を離すとすぐこれだ。大学生くらいか、ずいぶんと若い子達だったが、あのくらいの年の子から見ても、隆人はかっこいいんだろう。自分にない若さを目の当たりにしたら、「彼はいつまで自分を相手にしてくれるんだろう？」なんて弱気になってくる。それもこれも、隆人の見た目がよすぎるせいだ。

（ハゲろ～、ハゲろ～、ハゲてしまえ～）

隆人をじっと見据えて静かに念を送る。するとなにを思ったのか、彼がニヤッと笑った。

「妬いた？」

「……だったらなんだって言うのよ」

低い声で威嚇《いかく》する。

「そうよ。妬いたわよ？　妬いてるわよ？　些細なことでも妬きますよ。悪い？」

開き直ったたままぶーたれる。すると隆人は、トレイを持つのとは反対の手で茜の頬を触ってきた。

「可愛い」

ちゅっとリップ音を立てて頬にキスされ、一気に顔に熱が上がる。隆人の後ろで、さっきの女の子達が目を丸くしているではないか。

真っ赤になった茜を見て、彼は肩を震わせて笑うのだ。完全にからかわれているとわかっているのに、彼の目が愛おしげに細まっているから怒れない。それどころか彼は、膨れた茜の頬を人差し指でぷにぷにと突いてくる。

「茜は可愛いなぁ。俺のこと好きすぎるだろ」

「………」

悔しい。本当のことだからなにも言い返せない。

好きなのだ、この人が。

なかなか素直に言えないけれど、どうあってもこの気持ちは変わらない。

「俺が愛してるのはおまえだけだよ。——ほーら。行くぞ?」

笑いながら差し出された隆人の手を、茜はツンとそっぽを向いたまま握った。

あとがき

「焦れったいなぁ。この子ら」と思いながら初稿を書き上げ、担当編集氏に送りましたら、「爆発しろ」という感想を頂戴しました作者の槇原《まきはら》まきです。

『素直になりなよ。　けんかっぷるの新婚甘ラブバトル』をお手に取っていただき、本当にありがとうございます。

似た者同士の上にふたりとも素直じゃないので拗れていきますが、根っこでは想い合っているのでラブラブです。個人的には、ヒロインがエロ下着を試着しているのをヒーローが見てしまうシーンが気に入っていますが、皆様はいかがでしょうか？　お気に入りのシーンを教えていただけると幸いです。

イラストを担当してくださったのは、大橋《おおはし》キッカ先生です。ツンなヒロインはイメージ通りです。ありがとうございます。ヒーローとの絡みも美しくて最高です。ご馳走様です。

担当氏をはじめ、本作を書き上げるにあたってご尽力いただきました皆様に、心から感謝申し上げます。そして応援してくださる読者の皆様に最大級の感謝を――

またお会いできる日を夢見ております。

うーん…
楽しく描かせてもらいました!

Illustration Gallery

Opal

素《す》直《なお》になりなよ。
けんかっぷるの新《しん》婚《こん》甘《あま》ラブバトル

オパール文庫をお買い上げいただき、ありがとうございます。
この作品を読んでのご意見・ご感想をお待ちしております。

ファンレターの宛先
〒102-0072　東京都千代田区飯田橋3-3-1
プランタン出版　オパール文庫編集部気付
槇原まき先生係／大橋キッカ先生係

オパール文庫＆ティアラ文庫Webサイト『L'ecrin《レクラン》』
http://www.l-ecrin.jp/

著　者――**槇原まき**（まきはら まき）
挿　絵――**大橋キッカ**（おおはし きっか）
発　行――**プランタン出版**
発　売――**フランス書院**
〒102-0072　東京都千代田区飯田橋3-3-1
電話（営業）03-5226-5744
　　（編集）03-5226-5742
印　刷――誠宏印刷
製　本――若林製本工場

ISBN978-4-8296-8349-1 C0193
ⓒMAKI MAKIHARA, KIKKA OHASHI Printed in Japan.
＊本書のコピー、スキャン、デジタル化等の無断複製は著作権法上での例外を除き禁じられています。本書を代行業者等の第三者に依頼してスキャンやデジタル化することは、たとえ個人や家庭内の利用であっても著作権法上認められておりません。
＊落丁・乱丁本は当社営業部宛にお送りください。お取り替えいたします。
＊定価・発売日はカバーに表示してあります。

Opal Label オパール文庫

Op8327

好評発売中!